从心所欲不逾矩

许渊冲

2021年4月 (100岁)

许渊冲汉译经典全集

莎士比亚

Othello

奥瑟罗

许渊冲 译

商务印书馆
The Commercial Press

图书在版编目(CIP)数据

奥瑟罗 /(英)威廉·莎士比亚著;许渊冲译. — 北京:商务印书馆,2021(2021.7重印)
(许渊冲汉译经典全集)
ISBN 978-7-100-19410-5

Ⅰ.①奥… Ⅱ.①威… ②许… Ⅲ.①悲剧—剧本—英国—中世纪 Ⅳ.① I561.33

中国版本图书馆 CIP 数据核字(2021)第 022303 号

权利保留,侵权必究。

许渊冲汉译经典全集
奥瑟罗
〔英〕威廉·莎士比亚 著

许渊冲 译

商 务 印 书 馆 出 版
(北京王府井大街36号 邮政编码100710)
商 务 印 书 馆 发 行
南京爱德印刷有限公司印刷
ISBN 978 - 7 - 100 - 19410 - 5

2021年3月第1版　　开本 765×965　1/32
2021年7月第2次印刷　　印张 6¼

定价:89.00元

目 录

第一幕 …………………………………… 1

第二幕 …………………………………… 35

第三幕 …………………………………… 70

第四幕 …………………………………… 110

第五幕 …………………………………… 146

译后记 ………………………………… 177

参考资料 ……………………………… 189

剧中人物

奥瑟罗　摩尔人（在威尼斯供职的将军）

布拉班修　（元老）苔丝梦娜的父亲

卡西欧　奥瑟罗的副将

伊亚戈　诡计多端的人（奥瑟罗的旗官）

罗德里戈　上当受骗的威尼斯人

威尼斯公爵

元老

蒙太诺　塞浦路斯总督

塞浦路斯的绅士

卢多维柯　威尼斯的贵族（布拉班修的亲戚）

葛拉先诺　同上

水兵

丑角　奥瑟罗的侍从

苔丝梦娜 （布拉班修的女儿）奥瑟罗的妻子

艾米利娅 伊亚戈的妻子

碧恩嘉 妓女

军官、信使、传令官、乐师、侍从等。

第一幕

第一场

威尼斯街上

（罗德里戈同伊亚戈上。）

罗德里戈　算了,不要说了！我觉得你,伊亚戈,这样做不太好。你花我的钱就像花你自己的,但对我这么重要的事情,却现在才告诉我。

伊亚戈　老天在上,你怎么不听我说？我要是做梦想得到他会干出这种事来,老天也不会原谅我。

罗德里戈　你说过你恨他。

伊亚戈　我怎能不恨他呢？三个市里的大人物正式向他推荐我做他的副将,这简直是向他脱帽致敬了。说老实话,我也知道自己的身价,够得上这个格；但是他却目中无人,别有用心，用些不三不四的话来搪塞，还用了一些带火药味的字眼，把我的三个大人物打发走了。说什么"当然啰！我已经选好了我的副将"。选了什么人呢？一个会加减乘除的算学家，一个叫麦柯·卡西欧的佛罗伦萨人——因为老婆漂亮而倒了霉的混蛋——他在战场上不会排队列阵，就像个足不出户的老姑娘一样，只有书本知识、空头理论，那也比不上穿宽袖长袍的元老呀！他的全副本领在于空口说白话，不能联系实际。但是天呀！他却被选上了。我呢，摩尔人亲眼看见我在罗得岛、在塞浦路斯、在基督徒或异教徒的战场上，我是怎样打仗的，但是我却像一艘沉船一样升不上来，不得不低三下四地听这个收支不符的账房先生的摆布。他——运气真好——倒成了副将，而我呢，——真对不起！——我还是摩尔将军的小旗官。

罗德里戈　我倒巴不得是把他吊死的刽子手。

伊亚戈　唉！真没办法。这是军队的规定：提升要讨上级喜欢，要得到他的好感，而不是按老规矩一级一级上升的。现在，先生，你该明白我没有理由喜欢这个摩尔人吧。

罗德里戈　那我可不愿跟着他这样的人干呀。

伊亚戈　啊，先生，你认为我愿意吗？我跟他也有我的打算。我们不能每个人都做主子，主子也不一定有人真心跟随。你可能看到一些老老实实、卑躬屈膝的奴才，心甘情愿地忍辱负重，逆来顺受地消磨时间，简直像是主人的一头驴子，他的要求不过是吃饱肚子而已。等到老了，就给打发出门，这种奴才难道不该挨上一顿鞭子？还有一些人表面上已经磨炼得到家了，摆出一副尽心尽力的样子，其实却有自己的打算，看起来是为主子效劳，心里却是想踩在他们肩膀上往上爬，等到时机成熟，过了河就拆桥。这种人倒有心计，不瞒你老兄说，我承认我就是这样的一个人。我敢肯定你是罗德里戈，但假如我是摩尔人，我可不敢肯定我会要伊亚戈这样的副手。总而言之，我不是一个容易看透的人。我跟着他，其实是顺着我自己。老天可以作证，我装模作样，既不是对他好，也不是要尽责，而只是有自己的打算。假如我外表的行动会泄露我内心的算计，那不消多久，你会看到我袖中暗藏的玄机也会挂到面子上来，让乌鸦乱啄呢。我并不是表面上看起来的我。

罗德里戈　那厚嘴唇的摩尔人要吃得消你这一套，就算他走运了。

伊亚戈　把她的父亲叫醒吧！要吵得他睡不着觉，不让他舒舒服服地过这一夜。到大街小巷去宣布这件丑事，要给她亲戚煽风点火。谁让他住在天气这样好的地方！要让蚊子苍蝇来骚扰他，给他的快乐泼上污水，涂上阴暗的颜色。

罗德里戈　这就到了她父亲的家。我来喊叫吧！

伊亚戈　喊吧！拼命喊吧！就像大城市夜里失了火一样，喊得大家丧魂失魄吧！

罗德里戈　出事了！嘿！布拉班修，布拉班修大人，喂！

伊亚戈　起来吧！喂！布拉班修，有贼，有贼！瞧瞧

> 你家丢了什么？女儿在家里吗？丢了钱财没有？捉贼，捉贼呀！
>
> （布拉班修出现在楼上窗口。）

布拉班修　半夜三更这样叫嚷干吗？出了什么事吗？

罗德里戈　大人，你们全家人都在家里吗？

伊亚戈　你家的门上了锁吗？

布拉班修　你们问这些干什么？

伊亚戈　先生，你家里丢了人啦。真丢脸，快穿上你的元老服装吧！你的心都要碎了。你已经丢掉了半条命：就是现在，现在，的确就是现在。一头黑公羊正在糟蹋你家的小白羊呢。起来吧，起来！敲钟唤醒酣睡的市民吧，要不然，魔鬼就要让你做外公了。起来吧，听我的！

布拉班修　怎么，你发糊涂了？

罗德里戈　尊敬的大人，你听得出我的声音吗？

布拉班修　听不出，你是谁呀？

罗德里戈　我是罗德里戈。

布拉班修　那更是不欢迎了。我不是对你说过：不要再上门来打扰我的安宁吗？你已经清清楚楚听到过我告诉你：我的女儿是不会嫁给你的。你现在怎么又发起神经病来了？——是不是晚餐吃得太多，还是酒喝得太多？——怎么又糊糊涂涂半夜三更来打扰我的安宁了！

罗德里戈　大人，大人，大人——

布拉班修　你应该识相，要是我发起脾气来，我的地位会叫你吃不消的。

罗德里戈　不要着急，我的好大人。

布拉班修　你胡说什么丢人偷东西了？这里是威尼斯，我住的地方又不是独家独户。

罗德里戈　最尊敬的布拉班修，我是好心好意来告诉你的。

伊亚戈　先生，你是一位听了魔鬼的话就不信上帝的人。怎么能够因为我们来帮你的忙反而说我们是坏人呢？难道你愿意你的女儿给一匹野马糟蹋吗？你愿意你的外孙只会像马一样嘶叫？你愿意和野马攀亲戚吗？

布拉班修　你是个什么流氓痞子？

伊亚戈　先生，我是一个来通风报信的好人。我来告诉你：你的女儿正和一个摩尔人胸贴胸、肩靠肩地干着见不得人的勾当呢。

布拉班修　你这是胡说。

伊亚戈　你还是元老呢。

布拉班修　罗德里戈，我认得你，说这些话你要负责。

罗德里戈　大人，我可以负责。不过，我也先要问问：你是不是当真心甘情愿地同意了——这点我不太相信——你会答应你的女儿在深更半夜，由一个陌生的船夫送到那个不要脸的摩尔人怀抱里去吗？假如这件事你是知情的，而且是得到了你的允许，那我们刚才的确是胆大妄为，多有冒犯了。但是如果你不知情，那你怎么能够不讲道理，就错怪我们呢？不要以为我们那样不懂规矩，居然和阁下开起这种没分寸的玩笑来。你的女儿——如果没有得到你的允许——就把自己的内心和外貌、才智和财富都交给一个脚上长了轮子的流浪汉，那我可要再说一遍，她真是犯下了违抗父命的严重错误了。其实直截

　　　　　了当，一下就可以了解真相，只要去看看她是不是在房里，或者是在家中。如果她在，那就随你按照公国的法律惩罚我的欺骗罪吧。

布拉班修　喂！点起火来。给我一根蜡烛！把家里人都叫醒！这真像一场噩梦，已经压得我喘不过气来了。快快点火！我说，快点！（下。）

伊亚戈　再见吧，我得离开你们了。我若留下来，那就不得不和摩尔人面对面地对证。作为他的旗官，这看来是既不合适，又不稳当的。虽然这会给他增加一些麻烦，但是公爵决不会免除他的官职，因为塞浦路斯的战事还正用得上他。没有他，公国就不安全，哪一个人有本领能代替他呢？我虽然恨他恨得要命，像在地狱里受罪一样，但是从现实的需要看来，我也只得装模作样，做出爱护他的样子。说到底，爱护不过是个幌子而已。你们要找到他，可以带搜索的人到马神旅馆去。我也会在他身边。再见吧。

（布拉班修带领仆人拿火把上。）

布拉班修　真是祸从天降：她居然不在房间里。我倒霉的时间里就只剩下痛苦了。得了，罗德里戈。——你在哪里看见她的？——啊！可怜的孩子！——你说她和摩尔人在一起？——谁还敢当父亲呀？——你怎么知道一定是她呢？——啊！她居然敢欺骗我，真是难以想象！——她对你说什么来着？——再来些蜡烛！把我的亲人都叫起来！——你说他们结了婚吗？

罗德里戈　的确，我想他们结了婚。

布拉班修　啊，天呀！她怎么出去的？骨肉之情都没有了。从今以后，父亲无论看到女儿做什么也猜不透她的心啦。是什么歪门邪道使青年男女上当受骗的？罗德里戈，你读过这类书吗？

罗德里戈　读过，大人，我倒读过。

布拉班修　叫我的兄弟来！——早知如此，还不如让她嫁给你呢！——你们分两条路去找。——我们走哪条路可以抓到她和那个摩尔人？

罗德里戈　我想我能满足你的心愿找到他们，只要你

9

派些得力的人同去。

布拉班修　那就请你带路吧。我到每家每户都会要他们听话的。——带上你们的武器，喂，还找上几个巡夜的警官同去。——走吧，好罗德里戈，辛苦你了，我会酬谢你的。

（同下。）

第 一 幕

第二场

威尼斯另一条街上

（奥瑟罗、伊亚戈同侍从拿火炬上。）

伊亚戈 虽然我在战场上杀过人，但总觉得存心谋杀会于心不安，所以生来不干这种伤天害理的事。但对于他，我却十回总有九回想在他的肋骨下捅上一刀子。

奥瑟罗 让他说他的去吧。

伊亚戈 不行，他这样胡说八道，用些乱七八糟的话来破坏你的名声，就连我这样不怕鬼不信神的人听了都觉得受不了。不过，将军，我要问你一声：你们结婚了吗？因为你要知道：这位元老说的话分量很重，比公爵的话还重一倍呢。他可以拆散你们的婚姻，利用法律赋予他的权力来限制你，伤害你。

奥瑟罗　那也只好随他的便了。好在我为大公国做的事，总比口里说的空话更有力量吧。我还不知道——如果我知道夸耀也是光荣的话，我也会当众宣布我的成就。——我的出身也是王室家族，至于我立下的功劳，谈起来并不必向别人脱帽致敬。我得到今天值得骄傲的地位也是毫无愧色的。你要知道，伊亚戈，要不是为了温柔美丽的苔丝梦娜，即使把海上的珍宝都给我，我也不愿放弃自由自在、无拘无束的生活的。瞧，那边有火光朝我们走来了。

（卡西欧同军官拿火炬上。）

伊亚戈　来的是夜里吵醒了的父老乡亲，你最好进去避一下。

奥瑟罗　不，我不怕人家找我。我问心无愧，有名有位，没做见不得人的事，怕什么呢？来的是他们吗？

伊亚戈　两面神在上，我看不是他们。

奥瑟罗　是公爵的侍从吗？还有我的副将在一起呢。朋友们，你们夜里好呀。有什么消息吗？

卡西欧　公爵正找你呢，将军。他要你赶快去，马上就去。

奥瑟罗　出了什么事，你看？

卡西欧　我猜大约是塞浦路斯的事，正闹得火急呢。一夜之间，兵船上接二连三派来了十几个使者。许多元老夜里被叫起来开会，已经在公爵府了。现在，大家正急着找你，在你家里没找到，元老院又派人分头寻找。

奥瑟罗　那好，总算给你们找到了。我要进屋去说句话，再跟你们走。（下。）

卡西欧　旗官，他在这里干什么？

伊亚戈　嗯，他今夜走了桃花运。如果这是他理所应得的，那他就心满意足了。

卡西欧　我听不懂你的话。

伊亚戈　他结婚了。

卡西欧　同谁呀？

伊亚戈　圣母玛利亚在上，同——

　　　　（奥瑟罗上。）

你来了，将军，走吗？

奥瑟罗　我同你走。

卡西欧　又有人找你来了。

（布拉班修、罗德里戈，还有军官拿火炬上。）

伊亚戈　是布拉班修。将军，你可得要提防，他来恐怕不是好事。

奥瑟罗　站住！

罗德里戈　大人，就是这个摩尔人。

布拉班修　抓住这个坏东西！

伊亚戈　你，罗德里戈？来吧，老兄，我来和你打交道。

奥瑟罗　不要让露水使闪亮的宝剑生锈。可尊敬的元老，你的高龄已经远远超过动武的岁月了。

布拉班修　你这个可恶的家伙，把我的女儿藏到哪里去了？你这个该死的东西，用什么迷魂汤灌进了她的心里，做出了这样不合情理的事情！——假如你不是用歪门邪道，一个这样年轻漂亮、温柔快活的少女，国内多少卷发的富家子弟都赢不到她的欢心，怎么可能会——不怕天下人笑话——离开娇生惯养她的父母，投身到你这样一个人的怀抱里去？她害怕还来不及，哪里谈得上喜欢！让全世界来评评理，看这是不是合乎人之常情？假如你不是用了什么左道旁门的秘方邪药，迷惑了她娇嫩的心灵，削弱了她的行动能力，你可能做得到吗？这不是明明白白一眼就可以看穿的吗？所以，我要抓你去进行审判，惩罚你这个欺世盗名、违法犯禁、伤风败俗的罪人。抓住他！要是他敢反抗，就制服他，让他自食苦果。

奥瑟罗　双方都住手吧，不管是支持我的还是反对我的。要是我想动武的话，我早就动手了，用不着别人提醒。——你要我到哪里去对你的控告进行答辩呀？

布拉班修　进监狱去，等到法庭传唤你再说。

奥瑟罗　听你的话行吗？公爵会答应吗？公爵府的使者就在我的身边，正有紧急公事要找我呢。

军　官　尊敬的元老，这是真的：公爵正要开会，我敢肯定，已经派人去请你出席了。

布拉班修　怎么？公爵要开会？在这样深更半夜的时
　　　　　刻？把他带走吧，我这一件也不是小事。不
　　　　　管公爵也好，哪位元老也好，都会把这当作
　　　　　对自己的侮辱。假如这种伤风败俗的事可以
　　　　　不闻不问，那不是让奴才和异教徒来当家作
　　　　　主、横行霸道了吗！

　　（下。）

第一幕

第三场

威尼斯公爵府的会议室

（公爵、众元老及侍官上。）

公　爵　消息各不相同，都不可以全信。

元老甲　的确，船数不等，给我的信上说是一百零七条。

公　爵　给我的信却说是一百四十。

元老乙　而我的消息是二百。虽然说法不同，但是观测本来就很难说得准确——不过，这些信都证实了一点：土耳其舰队正向塞浦路斯开来。

公　爵　这很可能是估计的错误，但并不能掉以轻心。重要的是，不管来多少船，反正都令人不安。

水　兵　（在幕后。）报告，报告，报告！

（水兵上。）

侍　官　是兵船上派来的人。

公　爵　那么，又有什么消息？

水　兵　土耳其舰队开向罗得岛了。安哲罗大人派我到公爵府来报告。

公　爵　对这个情况变化，大家有什么看法？

元老甲　这是不合理的行动，可能只是表面上的假动作，想让我们做出错误的判断。其实，稍微考虑一下，塞浦路斯对土耳其的重要性远在罗得岛之上，而防卫能力却远不如罗得岛。只要考虑到了这点，就很容易想到土耳其人不会这样不懂策略，先打强的对手，后攻弱的，避轻就重，这不是要冒劳而无功的危险吗？

公　爵　不会的，可以肯定他们不会去打罗得岛。

侍　官　又有消息来了。

（使者上。）

使　者　诸位大人，土耳其帝国开往罗得岛的舰队在途中和后卫兵船会合了。

元老甲　果然不出所料。你估计后卫有多少条船？

使　者　大约有三十条。现在舰队调转船头航行，显然是要开向塞浦路斯。忠诚勇敢的蒙太诺大人因为职责所在，特此禀报，敬请各位大人明察。

公　爵　肯定是去塞浦路斯。玛克斯·吕西柯斯不在城里吗？

元老甲　他现在佛罗伦萨。

公　爵　赶快写信给他，十万火急送去。

元老甲　布拉班修和勇敢的摩尔人来了。

（布拉班修、奥瑟罗、卡西欧、伊亚戈、罗德里戈及警官上。）

公　爵　勇敢的奥瑟罗，我们必须立刻派你去对付我们的公敌土耳其人。——我没有看见你，高贵的元老，欢迎欢迎，我们今夜正需要听你的高见，还需要你的大力支持呢。

布拉班修　我也正要您的支持，尊贵的殿下。请原谅我，使我半夜从床上惊醒的，既不是我职位的需要，也不是国事的紧迫，而是我个人的不幸。我个人的痛苦像冲决了堤防的洪水，淹没了、吞噬了其他悲哀，使其他痛苦都相形减色了。

公　爵　怎么？出了什么事了？

布拉班修　我的女儿！唉！我的女儿！

众元老　死了？

布拉班修　哎，对我等于死了。她被人用歪门邪道的魔法妖术偷走，受到糟蹋蹂躏。唉！她的天性善良，既不盲目，也不缺少良知，感觉并不迟钝。如果不用妖术魔法，怎么可能使她犯下这种不可饶恕的罪过呢！

公　爵　谁用不正当手段拐骗了你的女儿，把她从你身边夺走？你可以按照无情的国法处置，即使是我的儿子犯了这等罪行也不能够宽恕。

布拉班修　敬谢殿下恩德浩荡。犯下这惊人大罪的凶犯就在眼前，就是这个摩尔人。但从刚才发生的事情看来，您是为了特别紧急的国事才要他来的。

众　这太糟糕，太令人遗憾了！

公　爵　（对奥瑟罗）你对这件事怎么解释？

布拉班修　没有什么可解释的，事实就是如此。

奥瑟罗　诸位德高望重的大人，我崇敬无比的主子，我带走了这位元老的女儿，这是真的；真的，我和她结了婚。说到底，这就是我最大的罪状，再也没有什么罪名可以加到我头上了。我虽然说话粗鲁，不会花言巧语，但是七年来我用尽了双臂之力，直到九个月前，我一直都在战场上拼死拼活，所以对于这个世界，我只知道冲锋向前，不敢退缩落后，也不会用漂亮的字眼来掩饰不漂亮的行为。不过，如果诸位愿意耐心听听，我也可以把我没有化装掩盖的全部过程，一五一十地摆到诸位面前，接受批判。不过，我绝没有用过什么迷魂汤药、魔法妖术，还有什么歪门邪道——反正我得到他的女儿，全用不着这一套。

布拉班修　一个从来不敢胆大妄为的少女，还没动心就先脸红了，怎么可能违反自然，超越自己的年龄，背弃国家，不顾声誉，忘了一切，去爱上一个她看到都会害怕的人呢？这是一个说不通的道理，除非你认为完美无缺也是有缺点的。这不是违反一切自然规律么？所以不得不到阴暗的地狱里去想方设法了。我敢再一次保证，他一定是用了什么能麻醉血液的药物，才能达到这个目的。

公　爵　你的保证不能算是证明。没有什么令人信服的显明证据，只有看起来好像是的猜测之词，怎么能定罪呢？

元老甲　不过，奥瑟罗，说吧！你有没有用拐弯抹角的方法，或是用直截了当的暴力，来征服或毒害这个少女的心灵？或者只是通过感情交流而赢得她的真情实意呢？

奥瑟罗　我请你们派人去马神旅馆把这位元老的女儿请来，让她在她父亲面前谈谈她对我的看法。如果你们从她的话里听到我有什么弄虚作假的行为，你们可以撤销对我的信任，剥夺授予我的职位，甚至结束我的生命。

公　爵　去把苔丝梦娜带来。

奥瑟罗　旗官，你带他们去吧，你知道在什么地方。

（伊亚戈同侍从下。）

在她来到之前，我要像对天坦白我犯下的罪

行一样，老老实实向你们说明我是如何和我的美人互吐衷肠，我又如何赢得她的。

公　爵　说吧，奥瑟罗。

奥瑟罗　蒙她的父亲看得起，我常常应邀到她家去。他们问我一生经历过什么事，一年又一年，打过多少仗，攻过多少城，碰到过什么好运气。于是我就从童年时代讲起，一直讲到他们听的时候为止。当我谈到最惊险的时刻，谈到在海上和陆上最动人的事件，一发千钧，死里逃生的关头，被凶狠的敌人俘虏，贩卖为奴，又得赎身逃脱的险境，还有我漂泊流浪的生涯，经过深邃无底的山洞、荒凉无人的沙漠，爬过悬崖峭壁、高耸入云的山峰，见过吃人的生番、头低于肩的畸形人。这些故事苔丝梦娜都听得非常认真，有时家务事让她分心，她就匆匆干完，又赶回来贪婪地吞噬着我的一字一句。不过，我注意到，她随波逐流地听我讲的一鳞一爪，总是不够全面，所以，她就诚心诚意地要我从头到尾全面地再讲一遍。我答应了她的要求，当我谈到幼年时代遭遇到的不幸打击，还赢得了她不少的眼泪。等我讲完了我的故事，她给我的酬谢是温柔的抚慰。她发誓说：我的经历"真是出乎意外，非常意外，令人同情，非常同情"。她真希望没有发生过这些事情，但如果发生了，她又希望上天为她造出一个这样百折不挠的男子来。她还对我表示衷心的感谢，并且对我说：如果我有一个朋友爱上了她，只要我告诉他如何讲我的故事，就可以赢得她的感情。一听到这个暗示，我知道她爱上了一个经历过千难万险的男人，而我爱她却是因为她对一个历经磨难者的深刻同情。这就是我所用过的魔法邪术。啊！我的心上人来了。请你们听她作的见证吧。

（苔丝梦娜、伊亚戈及侍从上。）

公　爵　我看这个故事也会赢得我女儿的感情。老布拉班修，要把糟事变成好事，残缺的武器总比赤手空拳好得多。

布拉班修　请听我的女儿怎么说吧。如果她承认这种不合规矩的事也有她的一份，如果那时我还责怪这个摩尔人，那老天也不会答应的。——来吧，我听话的女儿，你看在这么多高贵的人物当中，你最听谁的话呀？

苔丝梦娜　我高贵的父亲，义务使我难以分身。我知道是你给了我生命和教育的，所以我应该报答你的大恩大德。你对我尽了父亲之责，我对你也应该尽到女儿的责任。但是，这里还有我的丈夫。我母亲的榜样告诉我：她更听命于她的丈夫，而不是听命于她的父亲。所以我也只能选择我的丈夫摩尔人了。

布拉班修　上帝祝福你！我的事已经完了，请殿下谈国事吧。早知如此，生儿育女还不如收养子女呢。过来，摩尔人，我把我全心全意不愿意给你的人交给你，因为她已经是你的人了。——为了你的缘故，我的宝贝，我从心底高兴没有再生第二个女儿。否则，你的私奔会使我对她加倍粗暴，会给她戴上手铐脚镣的。——我说完了，主公。

公　爵　让我也来像你一样说几句金玉良言，好帮助这一对情人更上一层楼：
既然悲痛已经到了绝顶，
接着来的只有希望欢欣。
为过去的痛苦悲叹哀吟，
那只会更增加新的不幸。
如果是命运夺走的东西，
只有忍耐能够化险为夷。
被盗者微笑等于贼被偷，
痛苦伤身体是偷了自己。

布拉班修 让土耳其人去占领塞岛，
我们一笑，等于没有丢掉。
判决要觉得轻！如果更重，
难道你不觉得更加悲痛？
要忍受判决又忍受痛苦，
那要借忍耐来减轻担负。
这些金玉良言又苦又甜，
模棱两可总有好坏两面。
空话总是空话，不能相信。
挖耳朵怎么能医治伤心？
对不起，请殿下谈国事吧！

公　爵　土耳其人准备大力进攻塞浦路斯,奥瑟罗,你对塞岛的防卫情况了解得最清楚。虽然我们在岛上有一位公认合格的代理总督,但是力量很大的舆论要求你去镇守,可以使该岛的安全更有保障,所以我们不得不打扰你的新婚之喜,去挑起这艰巨的出征重任了。

奥瑟罗　诸位尊敬的元老,能够征服暴力的习惯已经使我觉得硝烟弥漫的战场胜过我温柔的鸭绒软床了。我三次迅速而自然地离开了温柔之乡,投入了和土耳其人的艰苦斗争。我只谦卑地向大家请求,希望对我的妻子给予适当的照顾,给予适合她居住的地方和符合她身份的生活环境。

公　爵　那么,住她父亲家里如何?

布拉班修　对不起,我不欢迎。

奥瑟罗　我也并不乐意。

苔丝梦娜　我并不想住老地方,免得我父亲看不顺眼。最仁慈的公爵,希望能够倾听我内心发出的呼声,不致亵渎你的听闻,希望我能得到你的特许,满足我简单的心愿。

公　爵　你有什么心愿,苔丝梦娜?

苔丝梦娜　反常的命运风暴已经向世界宣布了:我爱和这个摩尔人生活在一起,我的心已经完全为我夫君的品质征服了。我在他的心灵中看出了他的真面目,我的灵魂和命运已经为他光辉而英勇的才华所倾倒。因此,诸位尊敬的大人,如果他去作战,而我却像微不足道的灯蛾一样留在平安的后方,那就剥夺了我爱他所得到的特权,叫我如何能忍受别后孤单的日子?让我和他一同去前方吧!

奥瑟罗　让她得到你们的同意吧!老天可以作证,我并不是要满足食色两方面的欲望——我青春的火焰早已熄灭——我只是想满足她自由而丰富的心灵要求。老天可以保证,你们可以放心,不要以为她和我在一起会耽误了军机大事。不会的,如果以为盲目的爱神会用轻便的翅膀蒙蔽我明亮的眼睛,妨碍我的思索,那等于说:厨娘会把我的头盔当作锅子,会把污油浊水都倾倒在我头上了。

公　爵　她去不去,你们私下决定吧。不过事情紧急，得要赶快决定。
一元老　你们要走，今晚就得动身。
奥瑟罗　我将乐于从命。
公　爵　明天早上九点，我们还要在这里开会。奥瑟罗，你留下一个联络官来，可以向你传达任务，以及其他有关的重大事项。
奥瑟罗　请殿下把这个任务交给我的旗官，他是个我信得过的好人。我还要把我的妻子交托给他。殿下有什么吩咐，都可以要他转达。
公　爵　那就这样办吧，再见。——（对布拉班修）高贵的元老，善也是美，你的黑女婿英勇善战，也很美啊！
一元老　再见，勇敢的摩尔人。你要好好照看苔丝梦娜。
布拉班修　好好照顾她吧，摩尔人，她欺骗过她的父亲，小心她也会欺骗你啊！

（公爵、众元老及侍从下。）

奥瑟罗　我会用生命来保证她的忠实。忠实的伊亚戈，我不得不把我的苔丝梦娜交给你了，请你让你妻子好好照顾她，并且在最方便的时候护送她们来吧。过来,苔丝梦娜,我只有一个小时可以谈情说事了。要处理事务,不得不抓紧时间啊。(奥瑟罗和苔丝梦娜同下。)

罗德里戈　伊亚戈——

伊亚戈　你要说什么,高贵的朋友?

罗德里戈　你看我该怎么办?

伊亚戈　怎么办?上床睡觉呗。

罗德里戈　那我还不如跳水淹死呢。

伊亚戈　你死了,我怎么帮你呢,傻瓜?

罗德里戈　活受折磨才是傻瓜。假如死神是个医生,那死不是很好的药方么?

伊亚戈　啊,坏蛋!我看世界看了四七二十八年。自从我能分清利害的时候起,我还没有见到过一个真会爱惜自己的人。假如为了得不到一只喜欢的野鸡而去跳水寻死,那人还不如猴子哩。

罗德里戈　叫我怎么办呢?我承认这样单相思很傻,但我生性不会弥补这点。

伊亚戈　生性?去你的吧!我们自己要怎么样,就会成为怎么样的人。我们的身体就是我们的园子，园里可以种苎麻、莴苣、海棠草或百里香，只种一样或多种多样，或者懒得动手就让它荒芜，或者殷勤施肥就使它茂盛。好坏完全看我们自己。我们的生命是一把天平，一边是理智，一边是情欲。如果理智不能压倒情欲，我们的血肉之躯就会驱使我们颠倒是非。如果理智能镇住激动的肉欲刺激，压制不受拘束的胡思乱想，我们就会放松欲念。你说的爱情不过是欲念的分枝或萌芽而已。

罗德里戈　不可能是那样。

伊亚戈　爱情只是血肉的冲动、意志的松懈，做个男子汉吧！说什么跳水淹死！淹死那些瞎猫瞎狗吧！我答应做你的朋友，我承认你已经值得和我用一根不会切断的绳子紧紧联系在一起了。我现在帮你比任何时机都好。把你的钱袋装满，跟我们去前方，装上一脸假胡子，好遮住你的面孔。我说，装满你的钱袋！苔丝梦娜对摩尔人的爱不可能长久。把钱装满钱袋！摩尔人对她的爱也是一样，她开始只是突然激烈的冲动，最后你会看到同样突然的分手。把钱装满钱袋！摩尔人是反复无常的。把钱袋装满吧！他今天喜欢的美味明天就会变成酸苹果。苔丝梦娜也会改变，会换上一个年轻人。当她肉体上得到满足之后，就会发现选错人了。所以，把钱装满钱袋！如果活得不耐烦，也要找个比跳水更好的死法。尽量多赚点钱吧！我就不信能下地狱的诡计拆散不了一对流浪汉和自作多情的威尼斯少女。拆散之后，你就可以享受她了。赶快赚钱去吧！不要寻死寻活！那不是你该走的路。抱着情人双双吊死，也比没有尝到甜头就跳入苦水好得多吧。

罗德里戈　我听你的，你能帮我帮到底吗？

伊亚戈　放心吧。去搞钱来！我跟你讲过几次，现在再讲一遍。我对这个摩尔人的恨是根深蒂固的，你的恨也同样有理，我们就联合起来对付他吧。如果你能给他戴上一顶绿帽子，那对你是一种乐趣，对我也是一种游戏。许多事情都孕育在时间的母胎之中，迟早总是要生产出来的。向前走吧，准备好你的钱！我们明天再谈。再见。

罗德里戈　明天在哪里见面？

伊亚戈　在我住的地方。

罗德里戈　我会准时来的。

伊亚戈　去吧，再见。听清楚了没有，罗德里戈？

罗德里戈　我会去卖田产。（下。）

伊亚戈　这样我就可以把傻瓜当钱包使用了。如果花时间和这样一个傻瓜寻开心、占便宜，那太划不来了，那真是浪费了我的知识。我恨这个摩尔人。外边传说他还在我女人床上乱搞关系呢，不知是真是假。在我看来，即使只是有嫌疑，也要当作真事。他对我倒不错，那我就更容易在他身上下手，达到我的目的了。卡西欧是个用得着的美男子。让我想想看：得到他的位置，又成全我的美梦，这真是一举两得的妙计。怎么办？怎么办？等我想想看。过些时候，在奥瑟罗耳边吹吹风，说卡西欧和他的妻子太亲密了，他的外表和风度都很容易引起怀疑,是天生来让女人落网的。摩尔人很老实,看人只看外表,相信别人老实,很容易被人牵着鼻子走,像条驴子一样。有了!
我要在光天化日下显露
黑夜和地狱的真实面目。(下。)

第 二 幕

第一场

塞浦路斯港口的一个海角

（蒙太诺和两个绅士上。）

蒙太诺　从这个海角看得见海上有什么动静吗?

绅士甲　什么也看不见,只见一片汪洋大海。在海天之间看不见一片帆影。

蒙太诺　我看陆地上的风声也太热闹了。从来没有这样的狂风暴雨震撼过我们的城墙。如果风暴在海上也这样咆哮,那就是钢筋铁骨的橡木船也吃不消这大山压顶的海浪呀!这样的海上能有什么情况呢?

绅士乙　土耳其舰队大约给风暴打得丧魂失魄了。只

　　　　要站在白浪滔天的海岸上一望，就可以看见汹涌的波涛仿佛要涌上铺天的层云，狂风吹得海浪高耸犹如竖立的白色马鬃，要扑灭烈火熊熊的大熊星座，动摇稳如大山的北斗卫星。我从来没有见过这样翻天倒海的景象。

蒙太诺　如果土耳其舰队没有在港湾里躲避风暴，那就难免在海上覆没，很难苟延残喘了。

　　　　（绅士丙上。）

绅士丙　有好消息，大家请听，战争已经结束了。这次狂风暴雨给了土耳其人砰然一击，挫败了他们的图谋。威尼斯来了一艘大船，看见土耳其舰队给风暴打击得七零八落的惨状。

蒙太诺　怎么！是真的吗？

绅士丙　大船已经进港了，是一条维罗纳造的兵船。船上的主将麦柯·卡西欧是英勇善战的摩尔将军奥瑟罗的副手，他已经上岸了。摩尔将军还在海上，他是得到委任来塞浦路斯的全权代表。

蒙太诺　我太高兴了，他一定不愧为塞浦路斯的总督。

绅士丙　不过，那一位卡西欧谈到土耳其的损失时虽

　　　　然满心欢喜,但在他希望摩尔将军能够安然脱险时,脸上却露出了愁容,因为他们是在惊涛骇浪中分手的。

蒙太诺　求老天爷保佑他吧。我当过他的部下,他指挥作战,真是一个十足的军人。我们到海边去吧,嗨!看看进港的大船,还要遥望海上的英雄奥瑟罗,哪怕一直看到朦胧的海天一色,也是高兴的哟。

绅士丙　来吧,因为每一分钟都盼得到新人新事啊。

（卡西欧上。）

卡西欧　谢谢你们,保卫这座英雄岛屿的勇士们,你们高度赞美了我们的摩尔将军。啊!希望上天保佑他能战胜这次狂风暴雨,我们是在惊涛骇浪中失散的。

蒙太诺　他的船坚固吗?

卡西欧　他的船倒不怕风吹浪打,船长又是一个久经考验的老手,所以,我们估计不会有灭顶之灾,这大约不是过高的估计。

（内喊。）一条船,一条船,一条船!

卡西欧　喊什么?

绅　士　全城人都拥到海边,眉峰上有些人嚷着看一条船。

卡西欧　希望可以变成想象,我想象新来的是总督。

绅　士　他们放礼炮欢迎了。来的至少是友好的船只。

卡西欧　请去看看好吗?看了再告诉我们来的是谁。

绅　士　好的。(下。)

蒙太诺　请问副将,你知道将军娶了妻子吗?

卡西欧　他的运气好得无以复加,他娶了一个生花妙笔也形容不出的美人,她的天生丽质需要诗人刻骨镂心去创造合体的语言才能显示一二。

(绅士上。)

怎么样?船上来的是谁?

绅　士　来的是伊亚戈,将军的旗官。

卡西欧　他倒是运气好,走得快。狂风暴雨,浪高如山,嶙峋的岩石,堆积的沙丘,潜藏水里的暗礁,只会摧残无辜的船只,仿佛也知道怜香惜玉,改变了残害生命的习性,放过了天仙般的苔丝梦娜。

蒙太诺　你说谁呀?

卡西欧　就是我刚才谈到的,我们将军帐内的将军,刚由伊亚戈护送来的,但比预期早到了七天的将军夫人。伟大的天神,保佑奥瑟罗吧。吹口气把他的船吹进港口,让他的爱情在苔丝梦娜的怀抱里喘口气吧。我们的精神之火快要熄灭了,让他的火炬重新点燃我们的心灵吧!

(苔丝梦娜、伊亚戈、罗德里戈、艾米利娅及侍从上。)

瞧吧,船上的贵人上岸了。塞浦路斯人,用你们的双膝表示欢迎吧!——欢迎,夫人,愿上天的祝福洒满你的前后左右!

苔丝梦娜　谢谢你,英勇的卡西欧,我的夫君有什么消息吗?

卡西欧　他还没有到,我只知道他没有出事,不久就要来了。

苔丝梦娜　但我担心。你们怎么分散的?

卡西欧　白浪滔天,哪里看得见人?不过,听呀!来了船了。

(内喊。)一条船,一条船!

（一声炮响。）

绅　士　来的船放礼炮了，这也是友好的船只。

卡西欧　你去看看有什么消息！

（绅士下。）

——我的好旗官，欢迎你来了。（对艾米利娅）欢迎，大嫂，——好伊亚戈，你不会见怪吧。按规矩，我总得给大嫂一个见面礼呀。

（吻艾米利娅。）

伊亚戈　老兄，希望你说的是嘴唇，不是舌头。她的舌头骂起人来，你可吃不消呢！

苔丝梦娜　她平常并不开口呀。

伊亚戈　说实话，她的口舌太多了。不过，在夫人面前，我得承认，她的舌头藏到心里去了，不过思想上还在骂人呢。

艾米利娅　你没有理由这样冤枉我。

伊亚戈　得了，得了。你们出了门像不说话的图画，进了客厅就像不断的铃声，在厨房里像跳上跳下的野猫，忍气吞声像是圣徒，得罪了你却像魔鬼，做家务事马马虎虎，在床上却像在干家务。

苔丝梦娜　狗嘴里吐不出象牙。

伊亚戈　我说的有真凭实据,不是土耳其的嘴巴。
　　　　你们白天只是玩耍,上了床却打情骂俏。

艾米利娅　用不着你来夸我。

伊亚戈　我也不敢。

苔丝梦娜　如果我要你夸呢?你有什么好话要说?

伊亚戈　不要逼我吐出象牙,我只有一张狗嘴巴。

苔丝梦娜　试试看吧。有人到港口去了?

伊亚戈　是的,夫人。

苔丝梦娜　我心里不快活,但又不能外露,只好强作欢笑了。——来,我要听听你会怎样夸人。

伊亚戈　我正在搜索枯肠,愁思苦想,但是我的思想给枯肠粘住了,吐不出丝来,只好连汤带水,挤出两句小诗来:
　　　　漂亮和聪明表现在一举一动:
　　　　漂亮给别人看;聪明归自己用。

苔丝梦娜　夸得很妙。假如漂亮的是个黑人呢?

伊亚戈　假如她脸黑而又漂亮,
　　　　找个小白脸配对成双。

苔丝梦娜　越说越不对了。

艾米利娅　假如是漂亮而愚蠢呢？

伊亚戈　漂亮的人不会愚蠢，

再笨也会生儿养孙。

苔丝梦娜　这是茶余酒后说得傻瓜开心的话。假如又丑又笨，你能夸什么好话呢？

伊亚戈　又丑又笨的女人演起床上戏来，和聪明漂亮的女人一样精彩。

苔丝梦娜　太不成话了。怎么能够颠倒日夜，混淆黑白呢？如果是一个众口称赞的女人，连最挑剔的人对她也无懈可击，那你又如何夸她呢？

伊亚戈　眉清目秀，但是决不骄傲。

伶牙俐齿，有理却不声高。

虽然有钱，从不穿金戴银，

也不要求　万事如意称心。

即使生气，并不打算报复；

让人误解，甘心忍受委屈。

从不软弱，但能明辨是非；

不会颠倒阴阳，不分头尾。

思想清晰，从不泄露心窍；

有人追求，决不回头一笑。

如果有这样的女人，那就可以——

苔丝梦娜　可以怎样？

伊亚戈　可以给小傻瓜喂奶，给啤酒店记账。

苔丝梦娜　啊！这是最站不住脚的歪话！不要听他胡说，艾米利娅，虽然他是你的丈夫。卡西欧，你怎么说？这是不是歪门邪道，信口开河？

卡西欧　他说话直截了当，夫人。你听到的是军人的粗话，不是文人的语言。

（卡西欧拉着苔丝梦娜的手说话。）

伊亚戈　（旁白）他拉起她的手来了。对，说得好，低声密语吧。张开蜘蛛的小网，我就要捉到卡西欧这只大苍蝇了。对，对她微笑吧。笑呀！你想讨好，我会让笑变成镣铐。你说得对。就是这样，的确。如果这一套会害得你丢掉你副将的职位，我奉劝你还是不要这样吻你的三个指头好，你干吗老是来绅士这一套呢？很好，吻吧，真有礼貌！就是这样，的确。又把手指放到嘴唇上了。你这是在灌肠吗？

（内号角声）

——摩尔人来了！我听见他的号角。

卡西欧　你说对了。

苔丝梦娜　我们快去迎接他吧。

卡西欧　瞧！他不是来了吗？

（奥瑟罗及侍从上。）

奥瑟罗　啊！我勇敢的美人！

苔丝梦娜　我亲爱的奥瑟罗！

奥瑟罗　看到你比我先到，真使我喜出望外。你简直是从天而降，我的灵魂飞上了九重天。如果每次风暴过后，都有这样晴朗的蓝天，那就让狂风暴雨吹得死去活来吧！让不怕颠簸的大船爬上如山的浪峰，再从海上神山的峰顶冲入九层地狱的无底洞，我也心甘情愿。即使再来一次同样的幸福，也不能使我更加心满意足了。

苔丝梦娜　虽然我们活过的日子一天比一天多，但是上天给我们的欢乐和幸福也不能比今天更丰富多彩了。

奥瑟罗　感谢美妙无比的神力！我已经心满意足得无

以复加了。

（吻苔丝梦娜。）

让我吻吻这里，再吻吻这里。让我们心心相印吧，最大的不和谐就是貌合神离。

伊亚戈 （旁白）你们真是琴瑟和谐啊！不过说老实话，我可要插入不和谐的音符了。

奥瑟罗 （对苔丝梦娜）我们回城堡去吧！——朋友们，好消息！仗打完了。土耳其人全军覆没。我熟悉的宝岛怎么样了？——我甜蜜的人儿，你是塞浦路斯最受欢迎的人，因为我赢得了他们的爱戴。我说话不知所云，已经沉醉在自己的欢乐中了——伊亚戈，我请你去港口把我的箱子送去城堡，并且把船长也带去。他是个了不起的好水手，没有他不能渡过惊涛骇浪，我对他非常佩服。——来吧，苔丝梦娜。再说一遍，我们是小别重逢似新婚啰。

（奥瑟罗同苔丝梦娜及侍从下，留下伊亚戈和罗德里戈。）

伊亚戈 （对一个侍从）你马上到港口来找我。——

（对罗德里戈）来吧，如果你有胆量的话——据说，胆小的人生来也有高贵的品质，在恋爱中就会变得胆大——听我说，副将今晚在城堡守夜。首先，我要告诉你：苔丝梦娜很快就爱上了他。

罗德里戈　爱上了他？怎么！这不可能。

伊亚戈　用手指掩住你的嘴巴，用心想一想。你注意到她是怎样爱上摩尔人的吗？不过是因为他会吹牛，引起了她如醉如痴的幻想而已。怎么能够因为一个人会耍嘴皮子就爱上了他呢？用你能明白是非的心想想吧。她的眼睛也需要营养，瞧着魔鬼的黑脸有什么乐趣呢？当肉体在床上得到了满足，失去了新鲜感之后，总要换换口味，才能点燃快要熄灭的情火。这就需要意气相投、年岁相近、风度潇洒、外貌漂亮的人，而这些都是摩尔人所缺少的条件。她温柔多情的内心能不觉得上当受骗，开始感到乏味，甚至厌恶摩尔人吗？她的天性会告诉她，并且迫使她去重新选择。那好，老兄，如果承认这点，这是显而易见、自然而然得出来的结论，那么，还有谁比卡西欧处在更走运的地位呢？他会说话，讨人喜欢，不用装模作样就能表现得斯斯文文，而不流露出掩饰的感情。真是无人能比，无人能比。一个狡猾的机灵鬼，会削尖脑袋去钻空子，会无孔不入地占便宜。再说，他还年轻漂亮，勾引痴情的少女，能不得心应手么？他简直是一条十足的色狼，而这个女人已经看中他了。

罗德里戈　我不相信她会上钩，她是个纯洁温柔的女人。

伊亚戈　她纯洁个屁！她喝的酒能够纯洁到不用葡萄吗？如果她纯洁，会爱上这个肮脏的摩尔人吗？纯洁温柔的香肠，难道她不吃硬的？你瞧见她摸他的手指，难道不是硬邦邦的吗？

罗德里戈　我看见的，握手不过是礼貌而已。

伊亚戈　握手就是手淫。食指不是手淫的先锋、淫乱的前奏吗？他们的嘴唇靠得这样近，呼吸都互相拥抱、结合在一起了。这是勾勾搭搭的念头，罗德里戈！这些变化多端而微妙的

47

动作，紧接着来的就是得意忘形，肉体的合二为一了。呸！老兄，听我说，我已经把你从威尼斯带到这里来了，今晚就来照我说的做，来盯梢吧！卡西欧不认识你，我就站在离你不远的地方。你一定要找借口惹他生气，或者大声吵闹，或者破坏纪律，或者随便找什么借口。总而言之，见机行事吧！

罗德里戈　好的。

伊亚戈　老兄，他的脾气暴躁，容易发火，也许会动手打你。即使他不动手，你也要惹他发火打人，这样我就可以煽动威尼斯人起来闹事，使他这个副将有失身份，只好下台了事。这样，你若想成好事，路上就少了一块绊脚石。否则，我们怎能有什么希望呢？

罗德里戈　我可以照你说的做，只要你能给我机会。

伊亚戈　这点我敢担保。等一会儿在城堡再见面吧。我现在得去港口为摩尔人取东西了。再见。

罗德里戈　再见。（下。）

伊亚戈　卡西欧爱上了她，这一点我完全相信；她也爱上了他，这也很有可能。这个摩尔人——

虽然他叫我受不了——却是生性亲切高尚，始终如一的，我相信。他是苔丝梦娜爱上了的丈夫。现在我也爱上她了，并不完全是情欲——虽然这和情欲犯下的罪过也差不多——而大半是为了喂饱我报复的念头，因为我怀疑这个好色的摩尔人和我的老婆也有勾搭——这就好像毒药攻心——没有什么能摆平我起伏的心情，除非他的老婆也成了我的。如果做不到，至少我也要叫摩尔人陷入妒忌的深渊，丧失他的判断力。为了达到这个目的，我找到了这个喜欢寻芳猎艳的威尼斯傻瓜。如果把他打扮一下搬上台，再要他按照我说的，对摩尔人把麦柯·卡西欧诽谤一番——活该他倒霉！我怕他和我老婆也有一手——那就让摩尔人感谢我，亲近我，奖励我，心安理得地当一头笨驴吧！
我的如意算盘显得模模糊糊，
诡计还没出台怎能清清楚楚？

第 二 幕

第二场

塞浦路斯街上

（奥瑟罗的传令官上。）

传令官　奉奥瑟罗将军之命，宣读告示如下：英勇善战的奥瑟罗将军得到报告：土耳其舰队已经全军覆没。喜讯一到，人人无比欢欣，立即热烈庆祝，载歌载舞，并放烟火，尽情欢畅。将军同日庆祝新婚，因此宣布如下：自下午五时至晚十一时，大小酒店餐厅一律开放，摆设酒宴，热烈庆祝塞浦路斯岛的胜利，及奥瑟罗将军新婚之喜。（下。）

第二幕

第三场

塞浦路斯城堡

（奥瑟罗、苔丝梦娜、卡西欧及侍从上。）

奥瑟罗　好麦柯，请你注意警戒，今夜虽然欢度节日，还是不可放松警惕。

卡西欧　伊亚戈已经奉命行事了，不过我还是会亲自巡视的。

奥瑟罗　伊亚戈很可靠。麦柯，再见！明天一早，我要和你谈话。——

（对苔丝梦娜）来吧，我亲爱的，婚礼已经开花，现在，你我就要摘下果实了。——晚安！

（奥瑟罗、苔丝梦娜及侍从下。）

（伊亚戈上。）

卡西欧　欢迎，伊亚戈，我们要查夜了。

伊亚戈　还不到时间，副将，还不到十点呢。我们的将军这么早就丢下我们，同苔丝梦娜度他的风流之夜去了。我们也不能怪他，因为他和她还没同入过温柔之乡呢，而她是天神见了也要丧魂失魄的哟。

卡西欧　她真是个高雅无比的美人。

伊亚戈　我敢保证她的床上功夫也不在人之下。

卡西欧　的确，她娇嫩得几乎弱不禁风了。

伊亚戈　她的眼睛多么迷人，我看真是可以"一顾倾人城"了。

卡西欧　她的眼睛有吸引力，但是不会引人胡思乱想。

伊亚戈　她一说话，不是警告男人不要坠入情网吗？

卡西欧　的确是美得无以复加了。

伊亚戈　好，祝他们被窝里春暖花开。来，副将，我有一瓶好酒，还有两个喜欢喝酒的塞浦路斯好朋友，他们要为摩尔将军的喜事喝上一杯。

卡西欧　今夜不行，好伊亚戈，我喝了酒就会头昏脑涨，真希望能发明不醉人的酒来欢度节日。

伊亚戈　不要紧，都是花天酒地的好朋友，只喝一杯，我还可以代你喝一点呢。

卡西欧　我今夜只喝了一杯，而且是冲淡了酒力的，但是你瞧，我的脸已经变得连我自己都不认得了。这样弱不胜酒，真是倒霉！所以现在不敢勉为其难了。

伊亚戈　什么！你还是个男子汉大丈夫呢！今天是狂欢之夜，哪个不喝酒的人够得上朋友？

卡西欧　朋友在哪里？

伊亚戈　就在门口，请你去叫他们来，好吗？

卡西欧　好吧，虽然我并不大情愿。（下。）

伊亚戈　只要我能灌上他一杯酒，加上他今夜已经喝了的那一杯，他准会像千金小姐宠坏了的小狗那样，一碰就要叫哮咬人。那个害单相思病的傻瓜罗德里戈，为了苔丝梦娜，今夜已经满满地喝了几大杯，差不多醉得丑态毕露了，他还要去惹是生非呢。还有那三个昂首阔步、不肯让人的塞浦路斯小伙子——为了面子，不惜撕破脸皮，这就是塞浦路斯岛的好斗精神——我已经一杯又一杯灌得他们酩酊大醉了,他们也会闹事的。好了,在这一伙醉汉当中,再加一个卡西欧,还怕不闹得全岛天翻地覆?——瞧,他们来了。

(卡西欧、蒙太诺同众绅士上。)

假如事不违愿,我的船就可以顺风顺水,达到目的了。

卡西欧　老天在上,他们已经灌了我一大杯。

蒙太诺　说老实话,只是一小杯,还不到半斤呢。军人说话还不算数吗!

伊亚戈　喂,来酒!

(唱)来上一杯响叮当。

　　　再来一杯叮当响。

　　　当兵要当好儿郎。

　　　战争生活命不长。

　　　有酒就要喝个光!

　　　上酒呀,伙计!

卡西欧　老天在上,唱得真好听。

伊亚戈　我在英国学的,他们真会喝酒,人都喝成酒瓶了。什么丹麦人,什么德国人,什么大肚子荷兰人，全都比不上英国人。——来，喝酒吧！

卡西欧　你的英国人喝酒真那么高明吗？

伊亚戈　怎么不？他们轻而易举就把丹麦人喝得醉倒在地。他们面不改色就把德国人喝得满脸通红。他们不吭一声就喝得荷兰人呕吐一地。

卡西欧　为将军的健康喝一杯！

蒙太诺　好，副将，你喝多少我喝多少。

伊亚戈　啊，甜蜜的英国！

　　（唱）斯蒂汶是好国王，

　　　　　做条裤子一克朗。

　　　　　他嫌贵了六便士，

　　　　　居然责备成衣匠。

　　　　　国王天下有民望，

　　　　　裁缝不过手艺强。

　　　　　铺张浪费会亡国，

　　　　　不如还穿旧衣裳。

　　　　　拿酒来，喂！

卡西欧　这支歌更有意思。

伊亚戈　要不要再唱一遍？

卡西欧 不要，我认为他犯不上责备干这一行的人。老天在上，有些人的灵魂会升天，有些人的不会。

伊亚戈 说得对，副将。

卡西欧 对我来说——升天，我不敢占将军的先，也不敢占大官的先。——当然，我也想升天的。

伊亚戈 我也一样，副将。

卡西欧 哎，不过，对不起，你升天不能占我的先。副将总得比旗官先升呀。不谈这些闲话了，说正经事情吧。请上天原谅我们的罪过！诸位，我们值夜班去吧。不要以为我喝醉了，诸位，这里是我们的旗官，这是我的右手，这是我的左手。我现在没有喝醉，我还站得很稳，说话也很清楚。

众 不错，好极了。

卡西欧 那么，很好，你们一定不要以为我喝醉了。（下。）

蒙太诺 到炮台去，诸位，让我们去值夜班！

（众下，蒙太诺正要走。）

伊亚戈 （对蒙太诺）你看到刚才走的那一位，要说当兵打仗，他可以跟着凯撒发号施令。但是看看他的毛病，那就抵消了他的优点。他的短处比得上他的长处。我真为他惋惜，就怕他辜负了奥瑟罗对他的信任。万一他的毛病发作，那全岛都得倒霉。

蒙太诺　他经常这样吗？

伊亚戈　喝酒是他的催眠曲，没有酒作摇篮，他会瞪着眼睛看钟，看上两个时辰也不睡觉。

蒙太诺　要让将军知道这点才好。也许他没看到，或者是他人太好，看重了卡西欧好的表现，忽略了他的毛病，是不是这样？

（罗德里戈上。）

伊亚戈　怎么样，罗德里戈？

（对罗德里戈旁白）帮帮忙，找副将去！

（罗德里戈下。）

蒙太诺　可惜，高贵的摩尔将军把副手这样一个重要的位置给了一个有毛病的人。是不是应该让将军知道呀？

伊亚戈　这可不该由我来说。即使把塞浦路斯岛送我，也不该由我来开口。我是卡西欧的好朋友，只愿多出一点力帮他除掉这个毛病。

（内有喊声。）

听！谁在喊叫？

（卡西欧追着罗德里戈上。）

卡西欧　你这个坏蛋，你混账！

蒙太诺　什么事呀，副将？

卡西欧　这个坏蛋居然教训我应该做什么，我要打得他头破血流。

罗德里戈　打我？

卡西欧　你还敢强辩，混账！

（打罗德里戈。）

蒙太诺　（阻止卡西欧。）哎，好副将，请你住手！

卡西欧　放开我的手，老兄！否则，我要打到你头上了。

蒙太诺　你喝醉了！

卡西欧　你说我醉了？

（他们打起来。）

伊亚戈　（对罗德里戈旁白）去吧，去喊叫吧，出乱子了！

（罗德里戈下。）

不，好副将——唉，各位——来人啦！——副将——蒙太诺大人——大人——住手！——这也算是守夜么！

（警钟响了。）

谁敲起警钟来了？——真该死！嗨，全城都要吵醒了。住手，住手，副将，你要丢尽脸面了！

（奥瑟罗及侍从带武器上。）

奥瑟罗　出了什么事？

蒙太诺　我还在流血呢！伤重得要命！（昏倒。）

奥瑟罗　住手！否则，我要你们的命！

伊亚戈　住手！喂，副将——蒙太诺大人——各位，你们是怎么了？都忘了自己的身份地位？住手！将军在和你们说话呢。住手，不要丢人！

奥瑟罗　怎么？怎么搞的！为什么打起来了？难道你们都变成了土耳其人，动手打起自己人来了？这样像野蛮人一样打闹，难道不怕丢了基督徒的脸？谁再动刀动剑，就是不要命了，我要他一动手就丢了命——叫警钟不要敲了，闹得全岛人心惶惶——到底出了什么事？老实的伊亚戈，你好像也吓坏了，告诉我谁开头闹事的。我相信你的话，说吧！

伊亚戈　我也说不清楚，刚刚还是朋友，现在也是，说话也好，行动也好，都像新郎新娘进新房似的。忽然一下——仿佛天上掉下了陨星，把人都吓慌了——大家拔起刀来，迎面就砍，砍得血流满脸。我也说不出是谁开的头，只恨我上次在战场上没有丢掉两条腿，居然让我目睹了这血肉拼搏的武斗！

奥瑟罗　这是怎么搞的，麦柯，怎么你也忘乎所以了？

卡西欧　请你原谅，我也说不出来。

奥瑟罗　我敬重的蒙太诺，你是一个文明人，年轻时就因既稳重又文静而出了名，谈到你的名字，社会上的高等人没有一个不称赞的。怎么你会破坏自己的名声，让大家说是一个酗酒闹事的人呢？你能给我做出解释吗？

蒙太诺　尊敬的奥瑟罗，我已经受了重伤，说话太费力气，你的旗官伊亚戈可以说明情况，说明我是怎样无故受辱的——其实，我自己也莫名其妙，不知道自己今夜到底说错了什么话，做错了什么事。难道劝人自重，不要酗酒，这也算是错话？难道受到暴力攻击，保护自己也算错事？

奥瑟罗 我的血涌上来了，我不能保证我不发脾气，而脾气一上来——我清醒的头脑就要满天乌云了——只要我一动怒，就会举起胳膊，最强硬的汉子也经不起我一击。告诉我这次胡闹是怎样开始的，谁闯的祸？这个罪魁祸首一经查出，即使他是我的双生兄弟，我也不能放过。这还得了！在一个刚刚经过战乱的城市，对战争的恐慌还在老百姓心中汹涌澎湃，却为了私人的事情大吵大闹，而且是在深更半夜，还在警戒区内，这还了得！伊亚戈，是谁带头闹事的？

蒙太诺 如果你有偏心，还想庇护你的同僚，不能一五一十说出事实真相，那你还能算个军人吗？

伊亚戈 不要这样考验我：我宁愿嘴里割掉舌头，也不愿说麦柯·卡西欧的坏话。但是我想了想，说实话不能算对他不起。将军，事实就是这样：蒙太诺和我正在谈话，忽然来了一个人大叫救命，而卡西欧手里拿着剑紧紧追在后面，好像决心要杀掉他似的。将军，蒙太诺大人走上前来劝卡西欧不要动手，我却去追那个跑掉的人，怕他的喊叫会惊动全城——结果的确如此——但是他跑得快，我没有追上，就回过头来。因为我听见刀剑声，还听见卡西欧高声咒骂。这样赌咒发誓，在今夜之前，还从来没有出过我的口。等我回来一看——虽然我离开的时间很短——但发现他们两个已经打起来了，就像你把他们分开时那样。这件事再多我也说不出来，虽然卡西欧有点对不起蒙太诺大人，但是人在气头上往往会错打对他们好的人。我想，卡西欧一定是听了那个跑掉的人说了什么坏话，就忍不住发作了。

奥瑟罗　我知道，伊亚戈，你对卡西欧的交情把他的错误说轻了几分。卡西欧，我赏识过你，但是再也不能重用你了。

（苔丝梦娜及侍从上。）

瞧，连我亲爱的人儿也出来了。我要把你当作典型处理。

苔丝梦娜　出了什么事啦，亲爱的？

奥瑟罗　没有事了，我亲爱的，回去睡吧。——（对蒙太诺）你受的伤，我会为你医治的。——护送大人出去。

（侍从护送蒙太诺下。）

伊亚戈，你去全城巡查一下，不要让人受到骚扰。——来吧，苔丝梦娜，军人的生活得不到安宁，连美梦也会被杀声惊醒。

（众下，台上只有伊亚戈和卡西欧。）

伊亚戈　怎么，你受伤了吗，副将？

卡西欧　我受的伤已经无可救药了。

伊亚戈　怎么会呢？老天也不会答应呀！

卡西欧　名誉，名誉，名誉！我的名誉坏了！我丧失了生命中不朽的一部分，只剩下行尸走肉了。我的名誉，伊亚戈，我的名誉！

伊亚戈　我是个老实人。我本来还以为你身体受了伤呢！那倒比名誉受损更厉害。名誉是个空头衔，得到的人不见得有真本领，失掉也未必是无能。你的名誉不会受到损失，只是你自己觉得爽然若失而已。怎么？老兄，要恢复你在将军心目中的地位，办法可多着呢！他不过是在气头上说了你几句罢了。——这从外表上看起来是一种处分，其实并不是要你永远不得翻身，简直可以说是打狗想要吓唬狮子。只要你去求求情，他就会原谅你了。

卡西欧　我宁愿让他看不起我，也不愿欺骗一个这样好的司令官，要他赦免一个这样微不足道的小人。我喝醉了，还要胡言乱语，争吵闹事，自吹自擂，装腔作势，赌咒发誓，跟自己的影子说些好听的无聊话。啊！无影无踪的酒神，如果无人知道你的大名，就让我叫你恶魔吧！

伊亚戈　你拿着剑追赶的那个家伙是什么人？他做了什么事得罪了你？

卡西欧　我也不知道。

伊亚戈　这怎么可能？

卡西欧　我的记性一塌糊涂，什么也记不清楚，只记得吵架了，吵什么呢？吵得舌头和嘴巴把脑子都偷走了。我们居然还高高兴兴，快快活活，欢天喜地，拍手顿脚，把自己都变成禽兽了。

伊亚戈　瞧！你现在不是很清醒了吗？你是怎么恢复过来的呢？

卡西欧　酒鬼碰到愤怒之神，自然甘拜下风。我一生气，酒鬼就给愤怒之神吓跑了。而我却更倒霉，成了两个魔鬼的俘虏。

伊亚戈　得了，你也不要太严于责己了。在目前的时间、地点、情况之下，我自然衷心希望这次争吵没有发生。但是事实上既然已经发生了，那就尽量设法弥补吧！

卡西欧　我想请求他恢复我的职位，又怕他说我是醉鬼。即使我有九头鸟一样多的嘴巴，这一句话就把九张嘴都堵住了。我现在是一个清醒的人，但是一转眼就会变傻，马上就变成畜生了。啊！你说怪也不怪？一杯酒过了量，就会变质，酒仙就会变成酒鬼了。

伊亚戈　得了，得了，好酒总是一个亲热的好朋友，只要不喝得过度就行，不要再怪罪酒了。我的好副将，你看我们够朋友吗？

卡西欧　我早就把你当好朋友了，老兄，我没有喝醉吧？

伊亚戈　你也好，任何人也好，只要是活人总会有喝醉的时候。老兄，我来告诉你怎么办吧。我们将军的夫人现在可以替将军做主。我敢这样说，因为他现在全心全意最关心的人就是她，他看到的只是她的风采丽质，听到的只是她的聪明才智。你可以去向夫人坦白承认你的错误，请求她帮你恢复原来的职位。她是这样仁慈宽怀，得天独厚，善解人意，又乐于助人，有求必应，甚至应多于求，否则她就会觉得于心不安。你和她夫君之间这一点破裂的关系如果请求她去弥补，我敢和任何人打赌，你们之间的感情一定会恢复得比原来还好。

卡西欧　你的主意不错。

伊亚戈　我敢说这是我对你的一片真心实意。

卡西欧　我完全相信你，明天我会尽快去找好心的苔

　　　　丝梦娜为我说情的。要是这条路走不通,我的前途就很渺茫了。

伊亚戈　你现在的路走对了。再见,副将,我要巡夜去了。

卡西欧　再见,老实可靠的伊亚戈。(下。)

伊亚戈　怎么能说我是个坏蛋呢?我出的主意看起来不是真心实意对他大有好处的吗?想起来也对,这不是赢得摩尔人回心转意最好的办法吗?因为只要好心的苔丝梦娜答应做一件事,摩尔人总是唯命是听的——甚至可以使他放弃宗教信仰,放弃灵魂得救的希望——她的爱情已经锁住了他的心灵,她可以随心所欲地要他做或不做什么事,她的意愿成了他的上帝,他已经无力反抗了。那么,我劝告卡西欧去求苔丝梦娜不是对他大有好处吗?怎能算是坏心眼呢?地狱里的天神呀!魔鬼做了见不得人的勾当,也会像我现在这样披上正大光明的外衣的。这个老实的傻瓜去请苔丝梦娜挽救他的厄运,但是当她去求摩尔人的时候,我会把毒药灌进他的耳朵里

67

去的，我会说她为卡西欧开脱，完全是为了她隐蔽的私情，这样，她越为他说好话，摩尔人也就越不相信。这样，我就可以染黑她的清白，把她的好心做成一个圈套，让他们全都落入这个陷阱，不得翻身。

（罗德里戈上。）

怎么样，罗德里戈？

罗德里戈　我本来是想打猎的，结果只成了一只汪汪叫的猎狗。现在钱也差不多花光了，今夜还挨了一顿痛打，我想这就是花钱买来的结果。现在钱也花得只剩一点，人也聪明了一点，还是回威尼斯去吧。

伊亚戈　没有耐性的人多可怜啊！受了伤哪里能一下就好起来？你要知道：成功靠的是有办法，不是变戏法。而有办法的人要会等待时机。你觉得不顺利吗？你挨了卡西欧的打，受了一点伤，但是卡西欧打了你，却丢了官。太阳之下万物欣欣向荣，开花结果，但是有先有后，卡西欧打得你皮肉开花，现在要吃苦果；你开的花就要结果了，等待时机吧！不要不耐烦!说老实话,寻欢作乐时间就会过得快。去吧,哪里快活就去哪里。有了结果,我会告诉你的。不要多说了,去吧!

(罗德里戈下。)

现在有两件事要做:一是要我老婆对她的女主人为卡西欧说几句好话;二呢,我自己要把摩尔人引开,等卡西欧向他的夫人求情的时候,再来看这一台好戏,如意实现我的妙计。(下。)

第 三 幕

第一场

塞浦路斯总督府前

（卡西欧、众乐师及丑角上。）

卡西欧　诸位乐师,演奏吧。我不会少给你们报酬的。曲子要短,要祝"将军晨安!"。

（奏乐。）

丑　角　怎么了,诸位?你们的乐器怎么也像那不勒斯人一样带有鼻音呀?

乐　师　怎么了,先生?怎么了?

丑　角　请问,这些是管乐器吗?

乐　师　不错,圣母在上,是呀。

丑　角　怎么乐器还有尾巴？①

乐　师　乐器还有味吧，先生？

丑　角　圣母在上，先生，管乐器我也见得多了。不过，诸位，这是将军给你们的赏钱。

（给乐师钱。）

他很喜欢你们的音乐。但是看在爱情的分上，请你们不要再演奏了。

乐　师　那好，先生，我们不演奏就是了。

丑　角　如果你们会奏听不见的音乐，那还是演奏吧！将军不大在乎听得见的音乐。

乐　师　我们不会演奏无声的音乐，先生。

丑　角　那就把你们的乐器打包吧。我要走了，你们也可以走了，最好走得像空气一样无影无踪。

（众乐师下。）

卡西欧　你听见没有，我老实的朋友？

丑　角　我没有听见你老实的朋友，只听见你。

卡西欧　收起你的俏皮话吧！这里是赏给你的一个

---

① 译注："尾巴"和"味吧"是文字游戏。

金币。

（给丑角钱。）

如果将军夫人的伴娘起来了，请你告诉她说：有一个卡西欧要和她说一句话，请她帮一个忙。行吗？

丑　角　伴娘已经上下动起来了。如果她愿意动下身的话，我会告她一声的。

（丑角下。伊亚戈上。）

卡西欧　伊亚戈，你来得正好。

伊亚戈　看样子你还没上过床吧？

卡西欧　当然没有。我们分手的时候，天才刚刚亮呢。伊亚戈，我大胆请你家嫂子对好心的苔丝梦娜说一句话：问她能不能让我和她见个面？

伊亚戈　我马上就去给你把她找来。我要想个法子让摩尔人走开，免得他妨碍你们谈话，使你们觉得有拘束。

卡西欧　多谢你了。我没有见过一个比你更好的翡冷翠人。

（艾米利娅上。）

艾米利娅　早上好，亲爱的副将。你引起了将军的不愉快，我觉得很可惜，不过一切都会好起来的。将军和夫人也在谈这件事。夫人尽力为你说好话，将军却说：你打伤的那个人在塞浦路斯很有名，人缘关系也好，所以，从全面来考虑，只好不再重用你。不过他承认，他心里还是喜欢你的，用不着别人来求情，他自己也会做出弥补的。

卡西欧　不过，我求求你，如果你觉得合适，或者值得试一试的话，能不能找一个机会让我和苔丝梦娜单独说几句话？

艾米利娅　那就请进来吧，我可以带你去一个可以自由自在说说心里话的地方。

卡西欧　那真是太感谢了。

（同下。）

第 三 幕

第二场

总督府中一室

（奥瑟罗、伊亚戈同众绅士上。）

奥瑟罗　伊亚戈,把信交给船长,(交信。)请他代我送到元老院去。我还要去检查防御工事,你送了信就来那里找我。

伊亚戈　是,将军,我会照办的。

奥瑟罗　诸位先生,要不要去看看防御工事?

众　按照将军的意思办吧。

（众下。）

第 三 幕

第三场

塞浦路斯城堡中的花园

（苔丝梦娜、卡西欧和艾米利娅上。）

苔丝梦娜　请放心吧，好卡西欧，我会尽力帮你忙的。

艾米利娅　好心的夫人，帮帮他吧，我丈夫为这事就难过得像是他自己的事一样。

苔丝梦娜　他是个大好人。不要怀疑，我会让我丈夫对你的感情和从前一样好。

卡西欧　宽宏大量的夫人，无论麦柯·卡西欧将来做出了什么大事，都会永远感谢你的大恩大德。

苔丝梦娜　我知道，谢谢你。你爱戴我的丈夫，你们相知已经很久了，其实，你可以放心，他看起来似乎疏远了你，实际上那不过是表面文章而已。

卡西欧　唉，不过，夫人，就怕表面文章做得太长，或者听了什么掺了水分的话，又会产生意想不到的节外生枝的事。而我人却不在将军身边，如果还有人代了我的职，将军就会把我对他的感情、为他花费的勤劳，慢慢地淡忘了。

苔丝梦娜　不用担心，当着艾米利娅的面，我向你担保，你不会失掉你的职位。放心吧，我答应了你，就会一直做到底。我的丈夫如果不答应，我就会让他不得安息。我会看住他，说得他失去了听的耐性。上床也是上课，餐桌也会说教，我会为了帮卡西欧打断他的每一件事。所以，高兴点吧，卡西欧，帮你忙的人是不达目的不会罢休的。

（奥瑟罗和伊亚戈上。）

艾米利娅　夫人，将军来了。

卡西欧　夫人，那我要告辞了。

苔丝梦娜　为什么不留下来听我说？

卡西欧　夫人，现在不行，我觉得我在这儿反而碍事。

苔丝梦娜　那么，你就请便吧。

伊亚戈　嘿！这成什么话！

奥瑟罗　你说什么？

伊亚戈　没什么，将军，也许——我也不明白。

奥瑟罗　刚才离开我妻子的不是卡西欧吗？

伊亚戈　卡西欧？将军，肯定不是。很难想象他会偷偷地到这里来，好像犯了什么罪似的——看见你来就要走了。

奥瑟罗　我想就是他。

苔丝梦娜　怎么了，夫君？我正和一个求情的人谈话呢，他怕得罪了你，诚惶诚恐地来求情了。

奥瑟罗　你说的是谁？

苔丝梦娜　怎么你不知道？你的副将卡西欧呀。我的好夫君，如果我还有情分，有力量说服你，那就请你原谅了他吧。他是真心爱戴你的，犯错误是不知道，不是耍手段，一看他那老实的面孔，就知道他不会做坏事，我求你让他回来吧。

奥瑟罗　他刚走？

77

苔丝梦娜　是。他很难过。他的难过有感染力,连我也难过了。我的好心人,让他回来吧!

奥瑟罗　现在不行,好心的苔丝梦娜,过些时候吧。

苔丝梦娜　但是要快。

奥瑟罗　为了你,亲爱的,哪能不快?

苔丝梦娜　那么,今天晚餐时怎么样?

奥瑟罗　今晚还不行。

苔丝梦娜　那就明天午餐时吧?

奥瑟罗　明天中午我不在家吃呀。我要去城堡会见一些军官。

苔丝梦娜　那么明天晚上怎么样?星期二早上,星期二中午或晚上,星期三早上也行,我请你定个时间,但是不要超过三天。说真的,他后悔了。其实,他犯的错误,在我们普通人看来——除非你说是在战时要树立榜样,对优秀人才也要从严处理——他这甚至不算什么大错,不会受到个人处罚。叫他什么时候过来?告诉我,奥瑟罗,有没有什么事你要我做而我会拒绝,或者心里嘀咕的?我想没有。那么,关于麦柯·卡西欧,你求婚时还是他同来的，多少次我谈到你不讨人喜欢的地方，他总是为你说好话。怎么你会不要他回来？相信我，我还可以——

奥瑟罗　请你不要再说了。他要什么时候来，就让他来吧。我不会拒绝你的任何要求。

苔丝梦娜　这并不是要你帮我，而是我要帮你。就像要你戴上手套，吃点好菜，穿暖和的衣服，或者对你特别有好处的事一样。这并不是要考验你对我的感情，并不需要特别费力，也是不难办到的。

奥瑟罗　你要我做什么，我都不会拒绝。不过现在，我请你答应我，让我自己一个人考虑一下。

苔丝梦娜　难道我会拒绝你吗？不会的，再见了，夫君。

奥瑟罗　再见，我的苔丝梦娜，我马上就来找你。

苔丝梦娜　艾米利娅，来吧——（对奥瑟罗）不管你想做什么，我都会听你的。

（苔丝梦娜和艾米利娅下。）

奥瑟罗　真可爱得要命！若是我不爱你，那除非是天翻地覆，世界走到尽头了。

伊亚戈　我崇敬的将军——

奥瑟罗　你有什么话要说，伊亚戈？

伊亚戈　你向夫人求婚的时候，麦柯·卡西欧知道你们的感情吗？

奥瑟罗　当然知道，从头到尾都知道。你为什么问这个问题？

伊亚戈　只是为了一个我想到的问题，没有别的意思。

奥瑟罗　你想到什么问题了，伊亚戈？

伊亚戈　我没有想到他以前认识夫人。

奥瑟罗　认识的，还时常在我们之间来往。

伊亚戈　真的？

奥瑟罗　真的？当然真的，你觉得有什么不对？难道他不老实吗？

伊亚戈　老实吗，将军？

奥瑟罗　老实，当然老实。

伊亚戈　将军，就我所知。

奥瑟罗　你以为怎样？

伊亚戈　以为，将军？

奥瑟罗　"以为，将军？"啊！你怎么老跟着我说，仿佛思想上有鬼，见不得人似的？你到底想要说什么？我刚刚还听你说：你不喜欢卡西欧离开我妻子时的样子。为什么不喜欢？我告诉你，在我求婚期间，他还出过主意。你又怀疑这是不是"真的"，并且皱起眉头，鼓起嘴唇，仿佛脑子里锁着什么可怕的念头。如果你真对我好，就告诉我你的想法吧！

伊亚戈　将军，你知道我爱戴你。

奥瑟罗　我相信的，我知道你是有感情的老实人，并且说起话来是字斟句酌的。所以你话只说了一半，更使我意外吃惊。因为一个坏蛋这样做是包藏了祸心，而好人这样做却有不便吐露的苦衷。

伊亚戈　关于麦柯·卡西欧，我敢发誓说他是个好人。

奥瑟罗　我看也是。

伊亚戈　人应该看起来是怎么样，实际上也是怎么样。而那些实际上不怎么好的人，表面上看起来也不应该怎么好。

奥瑟罗　当然啰，人应该在表面上和实际上是一致的。

伊亚戈　所以，我认为卡西欧是个好人。

奥瑟罗 不对,你的话还没有说完呢!我请你老实告诉我你的想法,怎么想就怎么说,不好的想法就用不好的字眼。

伊亚戈 我的好将军,请你原谅我。虽然我对你应尽各种义务,但还是有不说出我思想的自由。因为思想里难免有脏东西,宫殿里不也有垃圾吗?谁的心胸能纯洁得毫无杂念,连在法庭里都审查不出来呢?

奥瑟罗 如果你知道了你的朋友在上当受骗,但却不让他的耳朵听到你的真实想法,那不等于是在合伙欺骗你的朋友吗?

伊亚戈 我请求你相信,虽然我有时也不怀好意地猜测别人的心理,并且根据我自己的猜疑,形成了不符合实际的错误判断,但是我希望你可以运用你的智慧,不注意我这些支离破碎的猜测、这些七拼八凑的靠不住的观察,这样你就不至于做出错误的结论,影响你的安宁,不但对你没有好处,就是对我的人格、品德、才智,都没有补益,所以我认为还是不让你知道我这些想法更好。

奥瑟罗　你这是什么意思？

伊亚戈　无论对于男人还是女人，我亲爱的将军，好名声总是最接近心灵的珍宝。谁偷走了我的钱包，偷的并不是我最宝贵的东西，它有用，但并不是我的珍宝；钱包本来是我的，现在谁偷了就是谁的，它对成千上万人都有用处。但是名声不同，谁破坏了我的名声并不会发财，但他却使我一贫如洗了。

奥瑟罗　我要知道你的想法。

伊亚戈　即使我的心放在你手上，你也不会知道我的想法，你也不该知道，因为我是守口如瓶的。

奥瑟罗　哈？

伊亚戈　小心啊，将军，千万不要妒忌。妒忌是戴有色眼镜的魔鬼，它在吃人之前，先把人折磨得要死。戴绿帽子的人有福了，因为他知道他的妻子不忠实，而他也不爱她。但是，那个溺爱妻子的丈夫要过多少倒霉的时刻啊！他爱她，又怀疑，又猜想，却又还是爱得神魂颠倒！

奥瑟罗　啊，真倒霉！

伊亚戈　贫穷而能安贫知足，那就是富裕；富人如不知足，又有填不满的贪欲，总怕自己变穷，那就会穷得像冬天一样了。老天在上，保佑我们大家都不要妒忌吧！

奥瑟罗　为什么？为什么这样说？你以为我会过妒忌的日子，随着月亮的圆缺变化而心情变化吗？不会，怀疑一次以后就决定了。如果我把我的心灵变得像你说的那样疑神疑鬼，那不是人不如畜生了吗？说我的妻子漂亮，喜欢吃好穿好，爱好交际，说话随便，喜欢唱歌跳舞，这并不会使我妒忌。只要自己有品德，而这些都是品德的表现。即使我自己没有这些品德，也不必担心妻子会背叛我，因为她有眼光看中我。不对，伊亚戈，我要先观察才会怀疑，一怀疑我就要找证据，只要一证明了，那就连爱情和妒忌都一刀两断。

伊亚戈　听了你的话我很高兴，因为现在，我就有理由用更坦诚的态度，来向你表白我对你的忠心爱戴了。因此，既然我有义务，那就听我说吧，我现在还没有充分证据，但是请你仔细观察你的夫人和卡西欧在一起的时候。你既不要过分严格，但也不要粗心大意，觉得天下无事，我不希望你慷慨高贵的天性受人利用。注意一点，我知道我们公国的风气，在威尼斯，妇女的风流勾当是不瞒天地，只瞒丈夫的，她们的良心不是不干风流艳事，而是要干得没人知道。

奥瑟罗　你真这样想吗？

伊亚戈　她和你结婚的时候，欺骗了她的父亲。她看到你的面孔似乎应该害怕得发抖，但她却最爱你的面孔。

奥瑟罗　她是这样。

伊亚戈　那么，你想想看，她这么年轻，就能这样巧妙地蒙蔽她的父亲，就像用橡树叶子蒙住他的眼睛一样，使她父亲误以为你用了什么妖术魔法。我这样说真是该死，我请求你原谅我，这都是因为我太爱戴你的缘故。

奥瑟罗　我会永远感谢你的。

伊亚戈　我恐怕有点得罪你了。

奥瑟罗　一点也不，一点也不。

伊亚戈　相信我，我怕已经得罪你了。我希望你把我说的话当作爱戴你的表现，但是我看得出你已经动感情了。我请求你不要误解了我的话。我谈的不是大问题，也不会有大影响，不过是猜测之词而已。

奥瑟罗　我不会的。

伊亚戈　如果你太认真，将军，我的话就会起意外的作用了。卡西欧是我货真价实的朋友，将军，我看你感动了。

奥瑟罗　不，没有太动感情。不过，我不相信苔丝梦娜会是不清白的。

伊亚戈　但愿她永远清白，但愿你永远这样相信。

奥瑟罗　不过，本性也会迷失——

伊亚戈　问题就在这里，因为——我要大胆说一句——多少和她同族同种、地位相等的人向她求婚，都遭到了拒绝，这就有点不太符合本性了——这闻起来有点与众不同的味道，有点离谱，想法不太自然。但是，对不起，我并不是专门谈她。虽然我也害怕她会回心转意，把你和她同种同族的人进行外观上的比较，也许会后悔了。

奥瑟罗　不要说了，走吧！如果你还看到什么迹象，再来告诉我好了。要你的老婆也多注意一点。现在，你走吧，伊亚戈。

伊亚戈　将军，那我就告辞了。（正要下场。）

奥瑟罗　我为什么要结婚呢？这个老实的家伙一定看出了更多的情况，他知道的比说出来的要多得多吧。

伊亚戈　（转身。）将军，我想请你不要再在这件事上纠缠了，让时间来检验吧。虽然卡西欧是适合职位的，他很有能力尽他的职责，但是，如果你让他闲一阵子，那就可以观察他这个人和他用的方法了。请你注意，如果夫人尽心尽力恳求让他官复原职，那就越发说明问题。同时，最好认为我是过分担心了——对于这样重要的事，我想担心不会过分的——并且请求阁下尽量让夫人爱怎么说就怎么说吧。

奥瑟罗　不用怕我管不住我自己。

伊亚戈　那我就再一次告辞了。（下。）

奥瑟罗　这真是一个靠得住的老实人，他对方方面面的人情世故，都了解得一清二楚。如果我能证实她是心在天外的野鹰，怎能把她拴在我的心上？我要让她乘风破浪，四海猎奇。也许因为我面黑心粗，生命进入低谷，她就离我而去，留下遗恨难消。我诅咒婚姻，只得到肉体而没有心灵，我宁愿做井底之蛙，不愿寄生情人衣角，供人玩弄。无论贫富贵贱，都是死生有命。但是，婚外恋情难道也是命运？瞧，她来了。

（苔丝梦娜同艾米利娅上。）

如果她会作假，那么上天也在弄虚作假了。我不相信。

苔丝梦娜　怎么了？亲爱的奥瑟罗，岛上的贵客都应邀来赴宴了，就等你入席呢。

奥瑟罗　对不起，我失礼了。

苔丝梦娜　你说话怎么这样没力气？是不是不舒服？

奥瑟罗　我前额有点痛，就在这里。

苔丝梦娜　不要紧，那是眼睛张得太久，一会儿就会好的。（拿出手帕。）让我给你绑住，一个小时就会好了。

奥瑟罗　你的手帕太小，(推开手帕，手帕掉到地上。)不要绑了。来，我们一同进去吧。(下。)

苔丝梦娜　(随下。)可惜你不舒服。

艾米利娅　(拾起手帕。)我很高兴捡到了这块手帕。这是摩尔人第一次给她的纪念品。我那个常出怪主意的丈夫总求了我一百遍，要我偷出这块手帕来，但是她太看重这件纪念品了——因为他叮嘱过要她珍惜——她总是带在身边，和它亲吻，还和它说话呢。我要把它带出去给伊亚戈。他要手帕干什么用？天晓得，我不晓得，只知道求他高兴罢了。

(伊亚戈上。)

伊亚戈　怎么了？你一个人在这里干什么？

艾米利娅　不要怪我。我有一样东西要给你。

伊亚戈　你有东西要给我？那一定是普通的东西。

艾米利娅　哼！

伊亚戈　有一个傻老婆是件普通的事。

艾米利娅　就这样普通？要是我给你的是一块不普通的手帕呢？

伊亚戈　什么手帕？

艾米利娅　什么手帕？就是摩尔人给苔丝梦娜的第一块，你再三求我偷的那一块。

伊亚戈　你从她身上偷来的？

艾米利娅　不是，是她自己不小心掉在地上的。我当时在场，就捡起来了。这不就是？

伊亚戈　好老婆，拿来给我。

艾米利娅　你要它干吗？这样再三要我做扒子手？

伊亚戈　这和你有什么相干？

艾米利娅　要是没有什么大用处，那就还给我吧。可怜的夫人丢了它可要急疯了。

伊亚戈　不要告诉别人，我要它自有用处。去吧！

（艾米利娅下。）

我要把这块手帕丢到卡西欧住的地方，让他捡到。这手帕轻得像空气，似乎微不足道，却是引起强烈妒忌的神圣证物。危险的想象本来就有毒药的性质，开始还不会引起人的反感，但一惹上了血气方刚的愤怒，那就要引起磷矿般的爆炸了。我就是这样说的。

（奥瑟罗上。）

瞧！他来了。不管鸦片也好，曼陀罗也好，就是世界上最有效的催眠药也好，都不能使你再像昨夜那样安稳地睡一觉了。

奥瑟罗　哈！哈！她会对我作假？

伊亚戈　这是怎么啦，将军？不要再谈这件事了。

奥瑟罗　去你的，走开！你使我吃够了苦头。我发誓，如果上当受骗，与其知道一星半点，还不如什么都不知道的好。

伊亚戈　怎么啦，我的将军？

奥瑟罗　如果她偷偷地和人寻欢作乐，我能感到什么痛苦呢？我看不见，想不到，对我没有一点害处。我夜里睡得舒服，吃得好，自由自在，高高兴兴。我在她的嘴唇上找不到卡西欧吻她的痕迹。一个人被盗了，只要不知道丢了什么，就等于没有被盗。

伊亚戈　听到你这样说，我很难过。

奥瑟罗　我本来很快活，即使全营的上等兵下等兵都甜甜蜜蜜和她睡过觉，只要我不知道，就可以过得很快活。但是现在别了，宁静的心情；别了，满意的生活；别了，头戴战盔的军队，激发雄心的战争，都永别了！别了，萧萧长鸣的战马，惊涛拍岸的喇叭，催促前进的战鼓，震耳欲聋的号角，迎风飞舞的王旗，真是五光十色，灿烂辉煌，威风凛凛，杀气腾腾！还有你，杀人如麻的大炮，发出了惊天动地的响声，仿佛是天神的怒吼。现在都永别了！奥瑟罗一生的光辉从此熄灭了。

伊亚戈　这可能吗，我的将军？

奥瑟罗　坏蛋，你说我的妻子和人私通，那你一定要拿出证据来，要拿出亲眼目睹的证据。否则，我用不会和肉体同归于尽的灵魂起誓，我消不了这口气，会叫你后悔还不如生来是条狗呢！

伊亚戈　怎么会到了这一步呢？

奥瑟罗　你要拿出证据来让我看，至少也要说明证据是可靠的，是没有漏洞的，没有可以怀疑的余地。否则，你就要倒霉了，你就活不长了！

伊亚戈　我高贵的将军——

奥瑟罗　如果你造谣诽谤，诬蔑了她，折磨了我，那你就再后悔也没有用，再祈祷也来不及了。我要在恐怖头上再加恐怖，做出使天崩地裂、鬼哭神嚎的事来，让你尝尝地狱里也尝不到的痛苦。

伊亚戈　饶了我吧，天呀！饶恕我吧！你还是个人吗？你还有灵魂吗？有感觉吗？天呀！再见了，免了我的官职吧！啊，你这个大傻瓜。你怎么使自己的老实变成一件坏事了！啊，这真是魔鬼的世界了！听我说，听我说，世界啊！直截了当，老老实实，怎么都变得不安全了呢？我谢谢你给了我这个教训，从今以后，我再也不敢对朋友好好了，友好的结果却是失掉了友谊。

奥瑟罗　不对，站住。你难道不应该老实吗？

伊亚戈　我应该聪明，因为老实是个傻瓜，会失掉他应该得到的东西。

奥瑟罗　我用世界的名义起誓，我想我的妻子是忠实的，但又怕她不是；我想你应该是公平老实的，但又怕你不是，所以我一定要有证据。

她的名誉本来像月神的面容一样纯洁,现在却污染得像我的面孔。如果有绳子、刀子、毒药、火药,或者淹死人的流水,我都要用来消除污染。但愿我能做到!

伊亚戈　我看你已经成了感情的俘虏,真后悔不该告诉你。你真想搞清楚?

奥瑟罗　不是真想,而是一定要。

伊亚戈　那就可以搞清楚,但怎样才算清楚,怎样你才能满意呢,我的将军?是只要大致看上一眼,看得目瞪口呆,还是要看人骑在她身上呢?

奥瑟罗　该死,天诛地灭!啊!

伊亚戈　这倒很麻烦,很讨厌。我想,很难抓到他们在床上做戏的那一场,那只有做戏人自己才能亲眼目睹。怎么办呢?叫我怎么说?怎样才能说得令人满意?即使他们像山羊一样发情,像猴子一样上火,像豺狼一样冲动,像傻瓜喝醉了酒一样粗鲁,你也不可能亲眼看到呀!不过,我说,只要根据有说服力的具体细节推测下去,也是可以令人满意地进入事实真相的大门。

奥瑟罗　我要你给我一个站得住脚的证据,证明她是不清白的。

伊亚戈　我不喜欢这个差使。但是,我已经深深卷入了这件事——为了忠实和友情,我已经被推下去了——只好硬着头皮再接着走下去。我近来和卡西欧同床睡了一夜,我因为牙痛没睡着。有些人睡觉时灵魂会放松,会说出他们的心里话,卡西欧就是一个这样的人。我听见他在梦中说:"亲爱的苔丝梦娜,我们要小心,不要泄露了感情的秘密。"然后,大人,他抓住我的手,又捏又揉,口里喊着"甜蜜的人儿",并且拼命吻我,仿佛要把我嘴唇上的吻连根拔起,他的腿跨在我的大腿上,又是叹气,又是亲吻,又是呼喊:"该死的命运怎么把你给了摩尔人!"

奥瑟罗　啊,这怎么可能!怎么可能!

伊亚戈　不过,这只不过是他的梦而已。

奥瑟罗　梦也能够点破发生过的事情,这就值得怀疑了,虽然还只是一个梦。

伊亚戈　如果证据不足，这倒可以增加证据的分量。

奥瑟罗　我真恨不得把她撕成碎片。

伊亚戈　不要冲动，要明智点。我们并没有看见他们做什么事呀，她还可能是清白的呢。我要问你一件小事：你有没有见过夫人手里拿的一块绣着草莓的手帕？

奥瑟罗　我给过她一块这样的手帕，那是我给她的第一件纪念品。

伊亚戈　这点我倒不知道，不过我见过一块这样的手帕——我相信那一定是夫人的——我今天看见卡西欧用它擦胡子。

奥瑟罗　如果就是那一块——

伊亚戈　如果就是那一块，或者任何一块她的手帕，对她都是不利的证据了。

奥瑟罗　啊！这奴才有四万条命吗？一条命怎么够我报仇雪恨呢！现在，我看这是真的了。瞧！伊亚戈，我以前糊糊涂涂的爱恋都随风而去，归天了。起来吧，阴险毒辣的仇恨，离开你黑暗的魔窟！让位吧，爱情啊！把你的王冠和心爱的宝座让给残忍凶暴的仇恨。膨胀吧，充满怒气的胸膛，吐出你满腔毒蛇的舌头！

伊亚戈　不要过度。

奥瑟罗　啊，血债要用血还。

伊亚戈　不要着急，你听我说，你的主意还可能改变呢。

奥瑟罗　不会的，伊亚戈。黑海的冰流滚滚向前，不会退潮，直到博斯普鲁斯海峡。我报仇雪恨的思想，不消灭这奇耻大辱，也决不会后退。（跪下。）苍天在上，若不雪耻，誓不为人。（正要起立。）

伊亚戈　不要起来。（跪下。）请老天作证！永远照耀人间、环行天空的星辰，为伊亚戈作证吧！我要用我的智力、体力、心力来听从奥瑟罗的吩咐，为他洗刷他的耻辱。只要他一声令下，我一定尽心竭力，哪怕是动刀流血，也是在所不惜。

奥瑟罗　谢谢你的忠诚帮助。我不是空口说白话，而是立刻接受你的慷慨支援，希望三天之内，你能够告诉我：世界上已经没有卡西欧这个人了。

伊亚戈　我的朋友已经死定了,你一开口就结束了他的生命。至于夫人,希望放她一条生路。

奥瑟罗　该死的女人,水性杨花的妖魔,她也不能免罪。来,同我走吧,我要想个又快又好的办法,来打发这个美丽的妖精。从现在起,你就是我的副将了。

伊亚戈　我一定永远遵命,为你效劳。(同下。)

第 三 幕

第四场

塞浦路斯城堡之外

（苔丝梦娜、艾米利娅及丑角上。）

苔丝梦娜　老兄，你知道副将卡西欧的家在哪里吗？

丑　角　我不敢说他有个家。

苔丝梦娜　为什么呢，老兄？

丑　角　他是一个军人，军人应该四海为家。

苔丝梦娜　算了，告诉我他住在哪里？

丑　角　我不说了他住在死海吗？

苔丝梦娜　你这样说是什么意思？

丑　角　我说了军人死海为家，既然他是军人，自然住在死海了。

苔丝梦娜　你能不能打听一下他住的地方？

丑　角　你是不是要"打"他一顿,要他"听"话,告诉你他住的地方?

苔丝梦娜　找到他住的地方,就叫他来,说我已经为他向将军求情了,希望会有好的结果。

丑　角　这倒不难,不是我力所不及的地方。我可以不"打"就叫他"听"话,到这里来。(下。)

苔丝梦娜　我的手帕丢到哪里去了?

艾米利娅　我不知道,夫人。

苔丝梦娜　说真的,我宁愿丢了装满金币的钱包,也不愿丢了这块手帕。但愿高尚的将军不是个妒忌的人,否则,不知道他会想到什么歪路上去。

艾米利娅　他不会妒忌吧?

苔丝梦娜　谁?他吗?我想他出生地的太阳已经把这些脾性都晒干了。

艾米利娅　瞧,那不是他来了吗?

(奥瑟罗上。)

苔丝梦娜　我要和他待在一起,等他叫卡西欧来。——夫君,你怎么啦?

奥瑟罗　很好，我的好夫人。——啊，装假真难——你怎么样，苔丝梦娜？

苔丝梦娜　很好，我的好夫君。

奥瑟罗　伸手过来，你的手真娇嫩，夫人！

苔丝梦娜　它还不知道忧愁，也不认识岁月。

奥瑟罗　这说明心灵多么丰富，多么自由，温暖如春，滋润如雨。你的手需要和自由隔离，需要斋戒沐浴，祈求祷告，学会克制自己，养成虔诚的习惯，因为手底下暗藏着一个反常的出汗的年轻魔鬼。你的手真好，它有什么就说什么。

苔丝梦娜　你的确可以这样说，因为这只手把我的心给了你。

奥瑟罗　慷慨的手。把手给了人就是把心给了人。现在可不同了，只给手，不给心。

苔丝梦娜　我不能这样说。来，现在谈谈你答应了我的事。

奥瑟罗　答应了什么事，我的好人儿？

苔丝梦娜　我已经要人去叫卡西欧来和你谈话了。

奥瑟罗　我有点不舒服，好像感冒了。把你的手帕给我。

苔丝梦娜　这里，夫君。

奥瑟罗　我要的是我给你的那一块。

苔丝梦娜　那一块我没有带在身边。

奥瑟罗　没有带？

苔丝梦娜　的确没有，我的夫君。

奥瑟罗　那你就不对了。那块手帕是一个埃及女人给我母亲的；她是一个女巫，只要一看人的脸几乎就能说出他的思想。她告诉我的母亲，只要她有这块手帕，她就会显得可爱，并且可以完全征服我的父亲，使他爱她；但是如果她丢了手帕，或者送了别人，那在我父亲眼里，她就会变成一个讨厌的人，他的心灵就会去追求新欢。我的母亲临终前把手帕给了我，要我在命里注定的结婚之后，把它给我新婚的妻子。我就这样做了，并且不断地关心着。你要把它当作自己宝贵的眼睛一样珍爱；丢了它或是送了别人，那就会造成无法弥补的损失。

苔丝梦娜　有这样严重？

奥瑟罗　的确严重，手帕是用魔法织成的。一个女魔法师看到太阳绕地转了两百圈，受到先知的启发，用超凡的蚕丝浸在处女的心液中染色而成的。

苔丝梦娜　这是真的吗？

奥瑟罗　一点不假，所以一定要好好保存。

苔丝梦娜　天可怜我！我真愿从来没有见过这块手帕。

奥瑟罗　嘿？为什么？

苔丝梦娜　你为什么问得这样急促？

奥瑟罗　是不是丢了？不见了？说呀！是不是找不到了？

苔丝梦娜　老天保佑！

奥瑟罗　你说什么？

苔丝梦娜　没有丢掉，万一是丢了呢？

奥瑟罗　怎么？

苔丝梦娜　我说没有丢掉。

奥瑟罗　那就拿来我看。

苔丝梦娜　那好，可以，但是现在不行。我怕会耽搁我的要求，请你让卡西欧来。

奥瑟罗　拿手帕来,我已经不放心了。

苔丝梦娜　行了,行了,你再也找不到比他更合适的副手了。

奥瑟罗　手帕。

苔丝梦娜　他把命运都寄托在你的感情上,和你一同冒过危险,共过患难呢。

奥瑟罗　手帕。

苔丝梦娜　说实话,你这就不对了。

奥瑟罗　去你的吧!(下。)

艾米利娅　这个人是不是妒忌了?

苔丝梦娜　我从来没见过他这个样子。这手帕肯定有什么不可思议的力量,我真倒霉,偏偏丢掉了。

艾米利娅　一两年还看不透一个男人。他们只是好胃口,而我们却是他们嘴里吃的东西,他们饿了就吃,吃得太饱就吐出来。

（伊亚戈和卡西欧上。）

你瞧,卡西欧同我丈夫来了。

伊亚戈　没有别的办法,只好求求她了。真巧,去求她吧!

苔丝梦娜　怎么了，好卡西欧，有什么消息吗？

卡西欧　夫人，还是我以前的请求，希望贤夫人大力帮助我，使我能在他的帐下做出全心全意的努力。我不能再耽误了。如果我真的罪不可赦，我过去微薄的努力、现在真心的悔改、将来可能做出的补偿都无法得到他的宽恕和恩赐，而且这就是我最好的前途，那我也只好忍痛强欢，走上另外的道路，去寻求命运的施舍了。

苔丝梦娜　唉！好耐心的卡西欧。我现在说话也合不上我丈夫的拍子了。丈夫也不再是我所知道的丈夫，他的脾气和喜好都变得对我陌生了，我只有希望上天的神灵来帮忙。我已经为你说了最好的话，但我没有拘束的语言居然得罪了我的丈夫，我只好求你忍耐一下了。凡是我能做到的，我都会为你做，而且会比为我自己做得还多。我只能做到这一步了。

伊亚戈　难道将军生气了？

艾米利娅　他刚刚离开这里，脾气变得急躁不安呢。

伊亚戈　　难道他会生气吗？我见过大炮打得他的队伍血肉横飞，像魔鬼一样从他怀里夺走了他兄弟的生命，他也没有发怒。现在会生气吗？我倒要去看看，如果他真是生了气，那一定是出了大事。

苔丝梦娜　　请你去吧。（伊亚戈下。）一定是国家大事，不是威尼斯，就是塞浦路斯有人搞什么阴谋诡计，扰乱了他清醒的头脑。在这种情况下，人往往会为小事发大脾气。其实，他们关心的是大事，肯定是如此，就像牵一发而动全身一样。不，我们应该想到，男人不是天神，不能要求他们老是像新婚时一样温存体贴。提醒我吧，艾米利娅。——这一仗我打得不漂亮——我用我的心情来衡量他，所以错怪他了。现在我才发现，我听了一个片面的证词，所以得出了不公正的结论。

艾米利娅　　天哪，但愿一切如你所想，这是国家大事，不是对你的怀疑，或是妒忌造成的结果。

苔丝梦娜　　他没有理由妒忌呀。

艾米利娅　　但是妒忌的人是不要理由的，他们妒忌并没有理由，但他们就是妒忌。妒忌是个莫名其妙的怪东西，它自己会生长出来，你要妒忌就妒忌了。

苔丝梦娜　但愿老天不要让妒忌在奥瑟罗心里生长！

艾米利娅　夫人，但愿如此。

苔丝梦娜　我要去找他——卡西欧，你在这儿等等吧。如果我找到合适的时机，我会为你说情的，我会尽最大努力促成你这件事。

（同艾米利娅下。）

卡西欧　我非常感谢夫人。

（碧恩嘉上。）

碧恩嘉　你好呀，卡西欧好朋友。

卡西欧　什么风把你吹出家来了？你怎么样，我顶漂亮的碧恩嘉？的确，亲爱的，我正要到你家去呢。

碧恩嘉　我也正要去你住的地方，卡西欧。你为什么一个星期都不见人？七天七夜，一百六十八个小时，情人不在的时间，比钟表上的一百六十多个小时还难过得多，算起来都要累死人！

卡西欧　对不起，碧恩嘉，这几天沉重的心事压在我身上，等我时间宽松一点，我会加倍偿还你的时间债。现在，好碧恩嘉，（把苔丝梦娜的手帕交给她。）请你给我把上面的花样描下来，好吗？

碧恩嘉　啊，卡西欧，你这是哪里来的？是不是新姘头给你的纪念品？我现在才感到你离开的理由了。怎么就到了这一步？那好，那好。

卡西欧　去你的吧，女人！把你这些胡思乱想送回魔鬼那里去吧。你怎么居然也会妒忌起来；说什么新姘头新纪念呢！说实话，不是的，碧恩嘉。

碧恩嘉　那么，是谁的呢？

卡西欧　我也不知道，是在我房里找到的。我很喜欢这个花样，在失主来取回原物之前——我看这很可能——我想请你把花样描下来，好不好？现在，请你走吧！

碧恩嘉　走？离开你？为什么？

卡西欧　我在这里等将军来，不想，也不愿让他看见我和女人在一起。

碧恩嘉　为什么呢？请告诉我。

卡西欧　并不是因为我不爱你。

碧恩嘉　而是因为你真不爱我。请你陪我走走，告诉我今夜能不能去看你。

卡西欧　我只能陪你走几步，因为我要在这里等人，不过，我很快就会去看你的。

碧恩嘉　那好，我也只能看情况说话了。

（众下。）

第 四 幕

第一场

塞浦路斯城堡前

（奥瑟罗与伊亚戈上。）

伊亚戈　你这样想吗？

奥瑟罗　这样想？伊亚戈。

伊亚戈　怎么，偷偷地吻她？

奥瑟罗　不合规矩的吻！

伊亚戈　脱了衣服同她的姘头上床一个多小时，还说没有什么歹意？

奥瑟罗　脱了衣服上床，伊亚戈，而且没有歹意？这是在对魔鬼撒谎。有好意的人会这样做吗？这是魔鬼在考验他们的德行，而他们在考验老天。

伊亚戈　如果他们没做坏事，那是情有可原的；如果我给了我老婆一块手帕——

奥瑟罗　那怎么样？

伊亚戈　那有什么？手帕就是她的啰。我看，将军，她愿意给谁就可以给谁。

奥瑟罗　她也应该保护名誉呀。难道名誉也可以送人？

伊亚戈　名誉的重要性是看不见的，有名誉的人往往并没有名誉，而手帕——

奥瑟罗　老天在上，我真愿忘记了名誉。你说过——我的记忆就像乌鸦飞过传染病房，对大家都不是好兆头——他拿了我的手帕。

伊亚戈　那又怎样？

奥瑟罗　现在看来可不太好。

伊亚戈　如果我说过，我看见他做过对不起你的事，或听见他说——坏蛋在外面总是这样，他们苦苦求得，或者他们的情妇多嘴泄露了，于是她们就要到处瞎说——

奥瑟罗　说什么来着？

伊亚戈　说他们做过的坏事，自然我们不知道他们做了没有。

奥瑟罗　做了什么？

伊亚戈　上床——

奥瑟罗　同她？

伊亚戈　同她。搞她，想怎样搞就怎样搞。

奥瑟罗　和她上床，和她乱搞，这是说谎，胡说八道。手帕呢——承认了吗？——手帕呢！承认了就去上吊，或者先上吊再招供。一想到招供我就发抖了。没有站得住脚的理由，光凭几句捕风捉影的空话，怎么能够把我搞得这个样子呢？去你的吧，什么交头接耳、眉目传情，这可能吗？承认？手帕？啊！该死！（晕倒。）

伊亚戈　发作吧！我的毒药起作用了。这样相信别人的糊涂虫怎能不上当呢！多少尊贵而贞洁的夫人都吃过亏，全都没有罪过，却都受到谴责。——怎么啦，喂？将军？将军，我说，奥瑟罗！——

　　　　（卡西欧上。）

　　　　怎么啦，卡西欧？

卡西欧　出了什么事了？

伊亚戈　将军忽然发起羊痫风来了。这是第二次，昨天还发了一次呢。

卡西欧　擦擦他的额头好了。

伊亚戈　羊痫风一定要静养，否则，他会口吐白沫，发起疯来的。瞧！他动了。你暂时走开一下，他很快就会复原的。等他走了，我还有重要的话要跟你说。

（卡西欧下。）

奥瑟罗　怎么，你在笑我？

伊亚戈　老天在上，我哪里敢笑你？只希望你做个男子汉大丈夫罢了。

奥瑟罗　一个头上长了角、戴了绿帽子的人只能低人一头。

伊亚戈　哪一个大城市没有许多低人一头的上等人，又有许多高人一头的下等人呢？

奥瑟罗　他承认了吗？

伊亚戈　好大人，做个大丈夫吧。成千上万拖家带室的丈夫都像你一样，每天夜里睡在不干不净的大床上，但是谁敢发誓说那张大床是他专有的，从来没有睡过外人的呢？比起他们来，你的情况要好得多了。这是地狱比人间高明的地方。魔鬼最开心的勾当，就是让男人在不容他人酣睡的卧榻上，拥抱着一个万无一失的失节女人。不行，我宁愿知道真相，知道我成了什么样的王八蛋，才能知道把这个婊子怎么办。

奥瑟罗　啊，你真精明，有你一手。

伊亚戈　现在要请你藏到一边去，要有耐性。千万不能发脾气，不管受了多大的委屈！——卡西欧刚来过，我把他打发走，并且让他相信你发病了，我还要他再来这里和我谈话，他答应了。你只要藏起来，听他怎么满不在乎地胡说八道，脸上每一个毛孔都流露出得意忘形的神气，我会要他再说一遍：他在什么时间、什么地方、多么长久、怎样玩弄你妻子的。不过，我说，你只能看看他的姿态。天哪，可要忍耐，否则，我只好说你是疯了，简直不是个人了。

奥瑟罗　你听着，伊亚戈，我最有忍耐心，也最有狠心。

伊亚戈　不错,但是要看时机。现在,请你躲开,好吗?

(奥瑟罗下。)

现在,我要和卡西欧谈谈碧恩嘉了。这是一个为了吃饱穿好而干风流勾当的娘儿,倒霉的是,她勾引了好多男人,却被一个男人勾引住了。他一谈到她自然会放声大笑。瞧!他来了。

(卡西欧上。)

他只要一笑,奥瑟罗就要发疯了。他不学无术,糊糊涂涂就妒忌起来,一定会误解卡西欧的一举一动、一言一笑的。——怎么样,副将?

卡西欧　你的称呼更加使我难受,失去了这个头衔简直要了我的命。

伊亚戈　好好催催苔丝梦娜,肯定你就可以官复原职了。(低声)假如这事落在碧恩嘉手里,那就会快得多了!

卡西欧　唉,可惜!(笑声)

奥瑟罗　（旁白）瞧，他已经笑了！

伊亚戈　我从来不知道女人能这样爱男人。

卡西欧　唉，可怜的女人。我想她的确是爱我的。

奥瑟罗　（旁白）他只是一笑了之。

伊亚戈　你听见没有，卡西欧？

奥瑟罗　（旁白）现在，他硬要他再讲一遍，行，做得好，做得好。

伊亚戈　她对人说你想和她结婚，你有这个打算吗？

卡西欧　哈，哈，哈！

奥瑟罗　（旁白）你得意了。像罗马的胜利者一样，你得意了？

卡西欧　我和她结婚？我不过是个嫖客而已。请你不要把我当傻瓜，我还没有傻到那一步呢。哈，哈，哈！

奥瑟罗　（旁白）好，好，好，好。看谁笑到最后吧。

伊亚戈　怎么？外面都传说你要和她结婚了。

卡西欧　请你说正经的。

伊亚戈　如果这话不正经，我就是个坏蛋了。

奥瑟罗　（旁白）这话是不是也伤了我？那好。

卡西欧　这是猴子玩把戏。她自以为我要和她结婚

>   了。其实，那只是她自己的想法，并没有得
>   到我的同意。

奥瑟罗 （旁白）伊亚戈和我打招呼，他现在要讲故事了。

卡西欧 她刚刚还在这儿，她到处缠着我。有一天，我正在海边和几个威尼斯人谈话，她却跑了过来，就这样搂住我的脖子。

奥瑟罗 （旁白）还叫着"亲爱的卡西欧"吧？他的手势似乎是这样说的。

卡西欧 就这样吊在我的脖子上，懒洋洋地，又哭又摇又拉。哈，哈，哈！

奥瑟罗 （旁白）现在，他要讲她怎样把他拖到我房间里去了。啊！我看见你的鼻子，但还没找到咬你的狗呢。

卡西欧 这样，我就不得不离开她了。

伊亚戈 瞧！那不是她来了？

（碧恩嘉上。）

卡西欧 这个臭婊子！天哪，还洒了香水呢。——你这样缠住我是什么意思？

碧恩嘉 让魔鬼和他的女妖精来缠你吧！你刚不久

给我这块手帕是什么意思？我这个大傻瓜才会上当，还要我给你描花样！一块这样的手帕，怎么会丢到你房间里去，而你居然会不知道是谁丢在那里的？这一定是哪一个女妖精的东西，而你还要我为她描花样。拿去还给你的臭婆娘吧。不管你从哪里得来的，我可不能为你描花样了。

（她把手帕还他。）

卡西欧　怎么啦？我的好碧恩嘉，怎么啦？这是怎么啦？

奥瑟罗　（旁白）老天在上，这正是我的手帕！

碧恩嘉　如果你今夜能来，就来吃晚餐；如果你不想来，那你想去哪里就去哪里吧。（下。）

伊亚戈　追她去，追她去吧！

卡西欧　我不得不去了，我怕她在街上乱说。

伊亚戈　你在她那里晚餐？

卡西欧　是的，我打算去。

伊亚戈　那好，我也许会去看你，我要和你好好谈谈。

卡西欧　那就请你来吧。

伊亚戈　去吧。不多说了。（卡西欧下。）

奥瑟罗　（走上前台。）你看我该怎样干掉他,伊亚戈?

伊亚戈　你没有看到他怎样一边做坏事,一边笑吗?

奥瑟罗　啊,伊亚戈!

伊亚戈　你看见手帕了吗?

奥瑟罗　那一块是我的吗?

伊亚戈　我以这只手起誓,它是你的。你看他是怎样尊重你这位糊涂妻子的,她把手帕给了他,他却给了一个婊子。

奥瑟罗　我要他活受九年罪。一个好女人!漂亮的女人!可爱的女人!

伊亚戈　不,你应该忘记这些。

奥瑟罗　啊,让她腐烂发臭,今夜就死掉吧,她真不该活下去了。我的心已经硬得像石头,捶一下,手都会痛。啊!世界上没有一个更可爱的人,她简直可以陪皇帝睡觉,向他发号施令呢。

伊亚戈　不,我从没有听你这样说过。

奥瑟罗　吊死她!我不过是说实话而已。做起针线活来多灵巧啊,唱起歌来又多么令人拜倒。

啊！她会唱得野兽都驯服的，真是多才多艺花样多！

伊亚戈　那就更糟了。

奥瑟罗　更糟一千倍，一千倍。而脾气又这样好！

伊亚戈　太好了。

奥瑟罗　不，肯定不。但是多可惜啊。伊亚戈！啊，伊亚戈！啊，伊亚戈！

伊亚戈　她这样不要脸，你还这样舍不得，那就索性让她爱怎样就怎样好了。因为你自己都觉得无所谓，那对别人有什么关系呢？

奥瑟罗　我要把她剁成肉酱，她竟敢让我当了王八！

伊亚戈　这真是糟透了。

奥瑟罗　还是跟我一个部下。

伊亚戈　那就更糟了。

奥瑟罗　今夜给我拿毒药来，伊亚戈，我也不再同她讲道理了。否则，她美丽的肉体又会使我今夜狠不下心来，动不了手了，伊亚戈。

伊亚戈　要毒药干吗？干脆就在床上掐死她得了，就在那张她污染了的床上，那不是更好吗？

奥瑟罗　好，好，这是公平的报应。很好。

伊亚戈　至于卡西欧，由我来对付他好了，半夜里我就会给你消息。

（内喇叭声。）

奥瑟罗　那好极了。怎么有喇叭声？

（卢多维柯、苔丝梦娜及侍从上。）

伊亚戈　一定是威尼斯来人了。是公爵派来的卢多维柯。看，你的夫人也同他一起来了。

卢多维柯　上帝保佑你，尊贵的将军。

奥瑟罗　全心伺候你，大人。

卢多维柯　威尼斯公爵和众元老向你问候。

（把一封信给奥瑟罗。）

奥瑟罗　谢谢他们的指示。（拆开信看。）

苔丝梦娜　亲爱的卢多维柯表哥，你带来了什么消息？

伊亚戈　非常高兴见到大人，欢迎大驾光临塞浦路斯。

卢多维柯　谢谢，卡西欧副将好吗？

伊亚戈　他生活得很好。

苔丝梦娜　表哥，他和我丈夫之间发生了一点误会，你来正好解决这个问题。

奥瑟罗　你能够肯定吗？

苔丝梦娜　我的夫君？

奥瑟罗　（读信。）"请你不必办了，因为你要——"

卢多维柯　他没有问你，正在读信呢。你说将军和卡西欧之间出了什么问题？

苔丝梦娜　我正想弥补他们的关系呢，因为我对卡西欧很好。

奥瑟罗　天打雷劈！

苔丝梦娜　我的夫君？

奥瑟罗　你正常吗？

苔丝梦娜　他怎么不高兴啦？

卢多维柯　也许这封信起了作用，信里要他回去，要卡西欧代理他的职务。

苔丝梦娜　这真是难以相信，我太高兴了。

奥瑟罗　当真？

苔丝梦娜　我的夫君？

奥瑟罗　我很高兴看到你疯了。

苔丝梦娜　你怎么啦，我的好奥瑟罗？

奥瑟罗　妖魔鬼怪！（打她。）

苔丝梦娜　怎么会这样呢？

卢多维柯　将军，威尼斯人很难相信会发生这种事情，虽然我敢发誓：这是我亲眼看见的。你应该赶快补救。你看，她都哭了。

奥瑟罗　啊，妖魔鬼怪，妖魔鬼怪！即使世界上流满了女人的眼泪，每滴眼泪也都是假心假意的鳄鱼泪。走开，不要让我再看到你！

苔丝梦娜　我不会待在这里惹人讨厌。（正要离开。）

卢多维柯　的确是一个听话的好夫人，请将军要她回来吧。

奥瑟罗　夫人！

苔丝梦娜　（转身。）夫君？

奥瑟罗　（对卢多维柯）你要她回来干什么？

卢多维柯　怎么是我要她回来的，将军？

奥瑟罗　对呀，不是你要我叫她转回来的吗，大人？她可以转来转去，又再转去转来；她会哭，大人，她会哭。她会听话，像你说的，非常听话——流你的眼泪吧。关于这件事，大人，啊！虚伪的眼泪！——我要调回去了——走开吧，我会叫你来的——大人。我服从调遣，会回威尼斯去——走吧！

（苔丝梦娜下。）

卡西欧会代替我的职务。还有,大人,今夜我们要设晚宴,欢迎大驾光临塞浦路斯——这么多公羊和雄猴!

卢多维柯　这就是那位整个元老院都赞美得无以复加的摩尔人吗?这就是那个感情不会冲动、性格坚强的男子汉吗?这就是那个不会投机取巧、不会发生意外的道德高尚的人吗?

伊亚戈　他大大改变了。

卢多维柯　他的头脑清楚吗?他是不是有点轻举妄动?

伊亚戈　他是个什么样的人,我不敢提出批评。他是不是怎么样[①]了,如果他不是怎么样了,老天在上,我倒真是希望他怎么样了更好。

卢多维柯　怎么,他打他的夫人?

伊亚戈　的确,这不太好,但我希望他不会做得更坏。

卢多维柯　他平常都这样吗?是不是这封信使他热血沸腾,冲昏了他的头脑,又犯下了新的错误?

---

① 译注:疯。

伊亚戈　可惜,可惜!可惜我不能把我所看见的和所知道的都老老实实地说出来。你可以自己观察他的所作所为,就可以说明他是个怎么样的人,用不着我多费口舌,只要跟着事实的说明就行,这样才好注意看他怎样干下去呢。

卢多维柯　真倒霉,我居然受骗了,真看错了他这个人。

（众下。）

第四幕

第二场

塞浦路斯城堡内

（奥瑟罗同艾米利娅上。）

奥瑟罗　你什么都没有看见吗？

艾米利娅　从来没有看到过，也从来没有听到过。

奥瑟罗　那么，你看见过卡西欧和她在一起吗？

艾米利娅　但我没有看到他们做什么不对的事，也没有听到他们说一句不对的话，甚至没有一个不对的字。

奥瑟罗　怎么，难道他们没有低声悄悄说话？

艾米利娅　没有，将军。

奥瑟罗　也没有半中间要你出去？

艾米利娅　从来没有。

奥瑟罗　没有要你去拿扇子、手套、面纱之类的东西？

艾米利娅　没有，将军。

奥瑟罗　那就怪了。

艾米利娅　我敢打赌，将军，她是忠诚老实的，我敢用我的灵魂起誓。如果你有别的想法，趁早打消这个念头吧，免得会把你带上歪门邪道。如果有哪个坏蛋要把这种想法塞进你的头脑，那就让上天用毒蛇的诅咒来处罚他吧！因为如果说她不忠诚老实、忠贞纯洁，那世界上就没有一个男人能够快活，没有一个妻子不该受到怀疑了。

奥瑟罗　那你去叫她来，去吧！

（艾米利娅下。）

　　她说得够好听的了，不过她只是一个拉皮条的女人，说话不能算数，我这个妻子却是个厉害的婊子，肚子里装满了阴谋诡计，嘴却锁得很紧。做了坏事还会跪下来向天祈祷。我就见过她这样嘛。

（苔丝梦娜同艾米利娅重上。）

苔丝梦娜　我的夫君，叫我来有什么事？

奥瑟罗　亲爱的，请你过来一点。

苔丝梦娜　有什么事吗？

奥瑟罗　让我看看你的眼睛，你瞧着我的脸！

苔丝梦娜　你这是什么主意？

奥瑟罗　（对艾米利娅）管家嫂子，你的任务是关上门让我们两口子吵一架，有人来就咳一下或喊一声。这是你的本行，老本行了。去吧！

（艾米利娅下。）

苔丝梦娜　我跪着求你告诉我，你这话是什么意思？我从你的话里听得出你是生气了。

奥瑟罗　怎么啦？你是什么人？

苔丝梦娜　你的妻子呀，我的夫君，我是你忠诚老实的妻子。

奥瑟罗　来，发誓吧，该死的！否则，你看起来像天堂里的天使，连魔鬼也不敢来抓你了，那你就要受到加倍的惩罚。发誓说你是忠诚老实的！

苔丝梦娜　上天的确知道我是忠诚老实的。

奥瑟罗　上天的确知道你是和地狱一样弄虚作假的。

苔丝梦娜　对谁弄虚呀，我的丈夫？我又同谁作假了？我怎么会弄虚作假呢？

奥瑟罗　啊！苔丝梦娜！走开，走开，走开！

苔丝梦娜　哎！沉重的日子！你怎么哭起来了？是为我流的眼泪吗？如果你怀疑是我父亲要把你召回去的，那也不能怪我。如果说你失去了他的好感，我也一样失去了呀。

奥瑟罗　如果上天要用苦难来考验我，如果他们要把各种痛苦和耻辱强加到我的头上，剥夺我使我穷得只剩下一张嘴巴，使我和我最大的希望都成为泡影，我还总可以在我灵魂的某个角落里找到一点忍受的能力；但是天呀！使我成为千夫所指、万目所视的可耻人物，即使如此，我也能够忍受！那好，那好，但是在我灵魂深处的宝藏，那是我生命的源泉，活力从源头流出来，流不出就干枯了，毫无用处了，或者变成了癞蛤蟆藏身繁殖的臭水洼。去那臭水中照照你的影子，耐性看看。嘴唇鲜红的小天使呀，你怎么看起来像地狱一样丑恶残暴、阴森森的了！

苔丝梦娜　我希望我高贵的夫君会看出我的忠诚

老实。

奥瑟罗　啊！就像夏天屠宰场里的苍蝇，风越吹苍蝇来得越多。你这野草闲花，看起来如此美丽可爱，闻起来如此芳香甜蜜，但是一碰到你，怎么却会感到痛苦，避之唯恐不及？但愿你从来没有出生才好呢！

苔丝梦娜　哎呀！我犯下了什么我自己都不知道的大罪呀！

奥瑟罗　这样美丽的纸，这样好看的书，怎么能在上面写上"婊子"两个字呢？你犯下了什么大罪？犯了什么大罪？啊，你这个下流的婊子，一谈起你干的下流勾当来，我真恨不得把我发烧的脸变成火炉，把"贞洁"烧得一干二净。你还问犯了什么罪！你干的臭事，老天闻到都要掩住鼻子，月亮看到也要闭上眼睛，甚至风流得碰到什么就要拥抱什么的风，一碰到你，也会羞得面红耳赤，赶快钻到地洞里去，不敢张开耳朵来听。你说你犯了什么罪？

苔丝梦娜　老天在上，你冤枉我了。

奥瑟罗　你难道不是个婊子吗？

苔丝梦娜　当然不是，因为我是个基督徒，要为天主也为我的夫君保持我身体的冰清玉洁，不受非法的玷污，怎么可能犯下亵渎天主的罪名呢？所以我当然不是。

奥瑟罗　怎么，你不是个婊子？

苔丝梦娜　不是，要不然，灵魂怎么能得救呢？

奥瑟罗　这可能吗？

苔丝梦娜　啊，上天宽恕我们的错误吧！

奥瑟罗　那么，我应该请求你原谅了，我把你当成威尼斯那种狡猾的迷住了奥瑟罗的狐狸精呢。

（艾米利娅上。）

——你，管家嫂子，你管的是天堂对面的地狱的大门！你，你，唉，你！我们的事已经完了，这是给你的报酬。（给钱。）请你管好钥匙，保守好我们的秘密吧。（下。）

艾米利娅　哎呀！这位先生想什么啦？你怎么样了，夫人？怎么样，我的好夫人！

苔丝梦娜　天哪，我是半睡半醒。

艾米利娅　好夫人，我家大人怎么样了？

苔丝梦娜　你说谁呀？

艾米利娅　怎么，我家大人呀，夫人。

苔丝梦娜　谁是你家大人？

艾米利娅　就是你的夫君呗，好夫人。

苔丝梦娜　我没有夫君了。不要再和我谈，艾米利娅。我既不能哭，又不能回答你的话，只能用眼泪洗脸了。请你今夜在我床上铺上新婚的被褥，记住，并且叫你的丈夫来。

艾米利娅　这真是大改变！

苔丝梦娜　这是我应该得到的报酬吗？我做错了什么事呢？哪怕是微不足道的错误，应该受到一点惩罚的错误？

（伊亚戈上。）

伊亚戈　夫人叫我有什么事？你怎么样了？

苔丝梦娜　我也说不出来。大人教孩子总是用温和的态度轻言细语，他本来也可以这样责备我，因为，说老实话，我还是一个应该管教的孩子呢。

伊亚戈　夫人，出了什么事了？

艾米利娅　唉！我家主子居然骂夫人是婊子了。这种瞧不起人的恶毒语言居然落在夫人头上，哪个真正的好心人受得了！

苔丝梦娜　那是我应得的罪名吗，伊亚戈？

伊亚戈　什么罪名呀，好夫人？

苔丝梦娜　就像你家嫂子说的，我的夫君的确这样说了。

艾米利娅　他叫她婊子。即使是一个叫花子喝醉了也不会把这样的罪名加在他的姘头身上呀。

伊亚戈　他怎么会这样？

苔丝梦娜　我也不知道，我只能肯定说：我绝不是那种人。

伊亚戈　不要哭，不要哭。真是个倒霉的日子！

艾米利娅　她拒绝了多少求婚的贵族子弟，不顾父亲的意见、种族的不同、亲友的劝告，结果却落得个"婊子"的骂名，这不会叫听到的人都流泪吗？

苔丝梦娜　这是我的厄运。

伊亚戈　怎么这样糊涂！他是怎么搞的？

苔丝梦娜　不，只有天晓得。

艾米利娅　一定是个从来不做好事、坏事却越做越劲的恶人，一个造谣生事的狗东西，为了要得到一个差事，就想出了这个歪主意。要是我猜错了，可以把我吊死。

伊亚戈　去你的吧，哪里会有这种人！这是不可能的。

苔丝梦娜　即使有这种人，我也会请老天原谅他的。

艾米利娅　那绞索也不会饶过他！地狱里的恶鬼也要啃他的骨头！他为什么要说她是婊子？谁和她私通了？在什么地方？什么时间？是怎么搞的？摩尔人碰上了心狠手辣的小人、卑鄙无耻的坏蛋、最不要脸的狗东西而大上其当了。啊，天呀！这种伙伴一定要揭穿。每个老实人手里都该拿根鞭子抽他打他，打得他皮开肉绽，体无完肤，把他赶出世界，从东边天赶到西边天。

伊亚戈　这种话只能关起门来说。

艾米利娅　哼，该死的家伙！就是一个这样的坏东西使你疑心生暗鬼，以为我和摩尔人有什么勾搭呢！

伊亚戈　你这个傻瓜，别说了。

苔丝梦娜　唉，伊亚戈，我该怎么办，才能使我的丈夫回心转意？我的好朋友，去找他吧，天上的日光可以作证，我不知道怎样就失掉了他的心。我对天跪下了。如果我有什么对不起他的地方，不论是在言语上、思想上，还是行动上，或者是我的眼睛、耳朵，或者任何其他器官，如果喜欢过他以外的任何人，或者说我现在虽然不喜欢，但是过去喜欢过，或者将来会喜欢的人——即使他抛弃了我——那么，老天也不会让我过一天好日子的！无论他对我多么狠心，他可以狠心摧毁我的生命，但是永远不会玷污我对他的爱情。我张口也说不出的"婊子"这两个字，即使我现在说出了口，也使我厌恶我自己，至于要我做出这等事来，即使是把全世界的荣华富贵都送给我，我也是不会做的。

伊亚戈　请你放心吧，这只是他一时脾气不好，国家的事有一点不顺心，他就不高兴了。

苔丝梦娜　但愿不是别的——

伊亚戈　事实就是如此，我敢保证。

　　　　（内号角声）

听，晚餐的号角响了。接待威尼斯使臣的宴会要开始了。快进去吧，千万不要哭了，一切都会好起来的。

（苔丝梦娜同艾米利娅下。）

（罗德里戈上。）

你怎么样，罗德里戈？

罗德里戈　我觉得你对我不太好。

伊亚戈　怎么不好？

罗德里戈　你每天都拖拉推托，伊亚戈。现在看来，你一点也没有使我更接近实现我的目标，而是使我离目标越来越远。我实在不能再拖延下去，也不能再老老实实让你愚弄欺骗下去了。

伊亚戈　你能听我说吗，罗德里戈？

罗德里戈　我已经听得太多。你的一言一语和一举一动实在太不相符了。

伊亚戈　你对我的责备太不公平了。

罗德里戈　我说的都是实话。我费尽了心力物力。你要我送给苔丝梦娜的珠宝，即使是送给一个圣洁的尼姑，也会使她还俗从良的。你说她接受了我的珠宝，并且答应会结识我，会给我意外的惊喜回报，但是我连一点影子也没有看到。

伊亚戈　得了，去吧，很好。

罗德里戈　"很好"吗？"去"吗？我不能"去"，老兄，也不是"很好"。我想这是一个骗局，我发现自己上当受骗了。

伊亚戈　很好。

罗德里戈　我要告诉你不是很好。我要去找苔丝梦娜，向她要回我的珠宝。我不想再追求她了，并且后悔我不合法的行为。如果她不还我珠宝，我会和你算账的。

伊亚戈　你这样说？

罗德里戈　是的，并且说的就是我要做的。

伊亚戈　怎么，我现在才看出来你还真不简单呢。从现在起，我对你的评价比以前更高了。让我们握握手，罗德里戈，你对我提出了一个很有道理的意见。但我还是要告诉你，我对你这事的处理，是对你最有利的。

罗德里戈　但看起来不是这样。

伊亚戈　我承认的确看起来不是那样。你的怀疑不是没有道理，不是没有根据的判断。但是，罗德里戈，如果你的确像我更有理由相信的那样——我的意思是，如果你真的目标明确，勇气十足——那你今夜就表现出来吧。如果你明天夜里还享受不到苔丝梦娜，那就随你用什么阴谋诡计来使我从世上消灭吧。

罗德里戈　那好，你说的是什么方法？是合理可行的吗？

伊亚戈　先生，威尼斯来了特使，要卡西欧代替奥瑟罗的职位。

罗德里戈　是真的吗？那么奥瑟罗同苔丝梦娜又要回威尼斯去了。

伊亚戈　不，不会的，他会到非洲去，并且把美丽的苔丝梦娜也带走，除非出了什么意外事件使他不能离开。而最好的意外事件就是除掉卡西欧。

罗德里戈　你的意思是怎么除掉卡西欧呢？

伊亚戈　那不就是让他不能接替奥瑟罗的职位，让他脑血迸流吗？

卢多维柯　听！

罗德里戈　啊，该死的坏蛋！

卢多维柯　有两三个人在喊叫。夜里太暗了，喊声也可能是骗人的，我们人手太少，听了喊叫就去，可能不太安全。

罗德里戈　没有人来救命。我的血要流干了，人也要完了。

（伊亚戈上。）

卢多维柯　听！

葛拉先诺　来了一个穿内衣的人，拿了火把，还有武器。

伊亚戈　谁呀？谁在叫谋杀呀？

卢多维柯　我们也不知道。

伊亚戈　你们没有听见喊声？

卡西欧　这里，这里！看在老天面上，救人啊！

伊亚戈　出了什么事了？

葛拉先诺　这不是奥瑟罗的旗官吗？我记得的。

卢多维柯　正是他，一个好样儿的。

伊亚戈　你是谁呀，叫得这样厉害？

卡西欧　伊亚戈？啊，我受伤了，坏蛋要谋杀我，快帮帮我!

伊亚戈　哎呀,副将!哪个坏蛋敢谋杀你?

卡西欧　我看他们有一个就在附近,跑不掉了。

伊亚戈　啊,可恶的坏蛋!——

（对卢多维柯和葛拉先诺）你们是什么人?快来帮个忙吧!

罗德里戈　啊,来救救我!

卡西欧　他是那一伙的。

伊亚戈　啊,杀人的凶犯!啊,坏蛋!（刺杀罗德里戈。）

罗德里戈　啊,该死的伊亚戈!啊,你这狗娘养的!

伊亚戈　在暗地里谋杀人!——这些杀人凶犯在哪里?——城里怎么这样安静!——杀人啦,杀人啦!——（对卢多维柯和葛拉先诺）你们是谁?好人还是坏人?

卢多维柯　你会认出我们的,先说好话吧。

伊亚戈　卢多维柯大人?

卢多维柯　正是,老兄。

伊亚戈　对不起。这里是卡西欧给凶手刺伤了。

葛拉先诺　卡西欧?

罗德里戈　你想要我去干？

伊亚戈　是的，如果你敢争取自己的权利和利益。今夜，他在一个妓女那里晚餐，我也会去。他还不知道代替职位的大事，你可以去跟踪他——我会设法让他在十二点到一点钟之间出来——那时你就可以随意处理他了。我会在附近帮你的忙，他就会倒在我们手下。来吧，不要惊喜得发呆了，同我走吧，我要告诉你他为什么非死不可，而你也会觉得自己非动手不可。现在正是晚餐时间，今夜过得很快，不要误事！

罗德里戈　我还想知道更多的理由。

伊亚戈　我会告诉你的。

（同下。）

第四幕

第三场

塞浦路斯城堡内另一处

（奥瑟罗、卢多维柯、苔丝梦娜、艾米利娅及侍从上。）

卢多维柯　将军，我请你不要再送了。

奥瑟罗　不必客气，我多走走也有好处。

卢多维柯　夫人，晚安，多谢夫人款待。

苔丝梦娜　非常欢迎光临。

奥瑟罗　请大人走吧。——啊，苔丝梦娜！

苔丝梦娜　夫君？

奥瑟罗　你快点休息吧。我马上就回来。你要打发侍从走开。

苔丝梦娜　好的，夫君。

（奥瑟罗、卢多维柯及侍从下。）

艾米利娅　现在怎么样了？他看起来似乎比以前好些。

苔丝梦娜　他说马上就会回来，要我快去休息，要你离开。

艾米利娅　要我离开？

苔丝梦娜　这是他的吩咐。因此，我的好艾米利娅，把我的夜间用品给我，你就走吧。我们现在可不能惹得他不高兴。

艾米利娅　我可真巴不得你从来就没有见过他。

苔丝梦娜　那我可不愿意。我的爱情总眷顾他，即使他倔强得皱眉苦脸——请你给我解下别针——也表现了他的风度。

艾米利娅　你要我铺在床上的被褥都铺好了。

苔丝梦娜　那好——天父在上，人怎么总有傻想法——假如我死了，就用一条被褥陪葬吧！

艾米利娅　看，看你说到哪里去了！

苔丝梦娜　我母亲有一个使女叫芭芭莉，她爱上了一个人。偏偏这个人发了神经病，抛弃了她。她就唱起一支杨柳曲来。这是一支老歌，却表达了她的命运。她死的时候还唱着这支歌，歌词一直萦绕在我心头。今夜我有好多事情要做，却总垂头丧气得像芭芭莉一样唱着这支歌。请你快点收拾吧。

艾米利娅　要不要我去给你拿睡衣来？

苔丝梦娜　不用了，给我取下这儿的别针。这个卢多维柯是个好人。

艾米利娅　很漂亮的男人。

苔丝梦娜　他说话也好听。

艾米利娅　听说威尼斯有的女人愿意光着脚走到巴勒斯坦去吻一吻他的嘴唇。

苔丝梦娜　（唱）这个可怜人坐在梧桐树下，

　　　　　　　歌唱青青的杨柳枝丫。

　　　　　　她的手放在胸前，头却垂下，

　　　　　　　歌唱青青的杨柳枝丫。

　　　　　　清清的河水流过她的脚下，

　　　　　　　也悲叹哀吟青青的杨柳枝丫。

　　　　　　她悲伤的泪珠从眼睛里流下，

　　　　　　　连顽固的石头听了——

　　　　　（对艾米利娅说。）就放在这里吧——

（唱）也会软化。——

（说）请你快走吧，他就要回来了。

（唱）青青的杨柳是我的花冠，

　　　他的责备也会使我喜欢。

（说）不对，这不是下一句。——听，有人敲门了。谁呀？

艾米利娅　是风。

苔丝梦娜　（唱）我说他是虚情假意，他怎么讲？

　　　他说青青的杨柳枝丫，

　　　我追几个女人，你可多换情郎。

（说）你快走吧，再见。我的眼睛痒了，是不是要哭啦？

艾米利娅　痒和哭没有关系。

苔丝梦娜　我听人这样说。啊，男人，男人！你当真认为——告诉我，艾米利娅——女人会做这种对不起丈夫的事吗？

艾米利娅　有这种女人，没有问题。

苔丝梦娜　即使给你一个世界，你愿意干这种事吗？

艾米利娅　为什么不愿意？难道你不愿吗？

苔丝梦娜　当然不愿，我敢在光天化日之下发誓。

艾米利娅　在光天化日之下，我也不会干的，但暗地里却可以干。

苔丝梦娜　难道你愿意为了一个浮华世界干这种事？

艾米利娅　对于这种小小的错误来说，一个世界的价值大得多了。

苔丝梦娜　说老实话，我想你不会干。

艾米利娅　凭良心说，我想我会干的。但是干了好像没干一样。当然，我不会为了一对戒指、几匹布、几件衣服，为了杯盘碗盏等等就干这种丑事。但是若给一个世界，那为什么不干呢？谁不愿意让丈夫先戴绿帽子后戴王冠呢？即使要冒险下炼狱去革面洗心，不也值得一试吗！

苔丝梦娜　如果为了得到一个世界就去做这种错事，那也真是该死！

艾米利娅　干吗？错误只是世界上的小事一桩。等到世界都是你的了，你说对就对，说错就错，把错的说成对的还不容易吗？

苔丝梦娜　我想没有这种女人。

艾米利娅　有的，至少有一打。其实要多少有多少，可以塞满这个世界。不过，我认为妻子出事都是丈夫的错，他们不负责任，把我们珍爱的东西滥用到别的女人身上，或者妒忌心一爆发，就粗暴地限制我们的自由，剥夺我们的财物，甚至责打我们。怎么？难道我们没有感觉？我们虽然温顺，难道我们不会报复？要让丈夫知道：妻子也是和他们一样有感觉的人，她们的眼睛能看，鼻子能闻，舌头能尝出酸甜苦辣，都和丈夫一样。丈夫朝三暮四是逢场作戏吗？我想可能是。是感情转移吗？我想也是。是脆弱得犯错误吗？我想这也一样。但是，难道我们女人就没有感情吗？不想逢场作戏吗？难道我们不像男人一样有弱点吗？要让他们对我们好，要让他们知道：我们干得不好，都是按他们的教导。

苔丝梦娜 得了，再见。

不要让错误来指导言行，

而要从错误中学到聪明！

（同下。）

第 五 幕

第一场

塞浦路斯街上

（伊亚戈同罗德里戈上。）

伊亚戈　就在这里，站在这个门角后面，他马上就要来了。拔出你的好宝剑来，一剑送他回老家去。快点，快点，不要害怕，我就在你身边。我们不成功就完蛋，记住，你要下定决心。

罗德里戈　你要离我近点，我怕一剑不能完事。

伊亚戈　看，对准他的心口一剑，要大胆，要稳当！
（退到后面。）

罗德里戈　我对这事并不那么想干，但是他说得很有道理，不过是干掉一个人而已。（拔剑。）来

　　　　　吧，我一出剑，他就死了。
伊亚戈　（旁白）我已经说得这个家伙动了心，他也来劲了。现在，不是他干掉卡西欧，就是卡西欧干掉他，两个总要干掉一个，随便干掉哪个，赢家却都是我。如果罗德里戈活着，他会要我还他的金银珠宝，虽然我骗他说已经送给苔丝梦娜了，他还要讨回去，那怎么行！如果卡西欧活下来，他得意一天，我就失意一天。何况摩尔人还可能向他揭穿我呢，那我就危险了。不行，他一定得死，只能这样。我听见他来了。

　　　　　（卡西欧上。）
罗德里戈　我知道他走路的样子。这就是他。

　　　　　（拔剑刺卡西欧。）

　　　　　该死的，去死吧！
卡西欧　这一剑的确是个杀手，可惜你不知道我还穿了护身甲呢。现在我要试试你的护身衣了。

　　　　　（一剑刺伤罗德里戈。）
罗德里戈　啊，我要死了！（倒下。）

　　　　　（伊亚戈上前刺伤卡西欧的大腿，然后退

　　　　　下。）

卡西欧　（倒地。）我的腿完蛋了。救人啊！哎，杀人了，杀人了！

　　　　（奥瑟罗上。）

奥瑟罗　这是卡西欧的声音，伊亚戈说得不错。

罗德里戈　啊，我是个坏蛋！

奥瑟罗　的确是的。

卡西欧　啊，救人啊！嗬，火把，医生！

奥瑟罗　是他。啊，好一个伊亚戈，人老实，讲义气，为受骗的朋友做出了高尚的事情！你教会了我怎样做人。——我的小宝贝，你亲爱的人快死了，你倒霉的时间也快到了，婊子，我来了。我要把你的魅力和媚眼都赶出我心头，你留在床上的污点只有用血才能洗掉。（下。）

　　　　（卢多维柯和葛拉先诺上。）

卡西欧　怎么没有人来？嗬，没有人巡夜，没有人过路？杀人了，杀人了！

葛拉先诺　出了什么事？叫得很吓人。

卡西欧　啊，救人啰！

伊亚戈 （对卡西欧）你怎么样了，我的好兄弟？

卡西欧 我的腿要断成两截了。

伊亚戈 老天会惩罚凶手的！借光了，先生们，我要用内衣来给他包扎伤口。

（碧恩嘉上。）

碧恩嘉 出了什么事了？嚅，谁在那里喊叫？

伊亚戈 谁在那里喊叫？

碧恩嘉 啊，亲爱的卡西欧！可爱的卡西欧！啊，卡西欧，卡西欧，卡西欧！

伊亚戈 臭婊子！——卡西欧，你猜得出是谁要这样害你的吗？

卡西欧 猜不出。

葛拉先诺 看见你这样真难过，我一直在找你呢。

伊亚戈 给我一根袜带，好了。——啊，还要一把躺椅，好把他抬走。

碧恩嘉 哎呀，他晕过去了！啊，卡西欧，卡西欧，卡西欧！

伊亚戈 诸位，我怕这婊子也是他们一伙的。——请你忍耐一下，好卡西欧。——来，来，给我火把！（照见罗德里戈。）见过这张脸吗？

哎呀，这是我的同乡朋友罗德里戈吗？不是，是的，肯定是，这是罗德里戈。

葛拉先诺　怎么，是威尼斯人？

伊亚戈　就是他。先生，你认识他吗？

葛拉先诺　认识他吗？当然。

伊亚戈　葛拉先诺大人吗？我敬请你原谅。这种流血事件使我没有认出你来，礼貌不周，多有怠慢了。

葛拉先诺　很高兴见到你。

伊亚戈　你怎么啦，卡西欧？——啊，来把躺椅，来把躺椅！

葛拉先诺　怎么会是罗德里戈？

伊亚戈　他，他，就是他——说得不错——来把躺椅。（侍从搬躺椅上。）

好心的先生，把他从这里抬走。我去找将军的医生。——（对碧恩嘉）至于你，老板娘，不用你费事了。——卡西欧，打死的这个人是我的好朋友。你们之间出了什么事了？

卡西欧　一点事也没有，我根本不认识这个人。

伊亚戈 （对碧恩嘉）怎么，你的脸发白了？——赶快把他们抬到外面去。

（侍从抬卡西欧和罗德里戈下。）

请诸位先生留下。——老板娘，你的脸怎么发白了？——你们看见她的眼神害怕了吗？——不，只要瞪住她，我们马上可以知道详情。看住她，我请你们看住她。诸位，你们看出来没有？不，犯了罪会不打自招的，尽管它不用嘴巴说。

（艾米利娅上。）

艾米利娅 哎呀，出了什么事，出了什么事，我的丈夫？

伊亚戈 卡西欧在这里遭到了罗德里戈一帮人的暗杀。那一帮人跑了，卡西欧几乎送了命，罗德里戈却死了。

艾米利娅 哎呀，一个好人！哎呀，好一个卡西欧！

伊亚戈 这就是嫖婊子的结果。艾米利娅，你去打听一下，他今夜在哪里吃的晚餐？——（对碧恩嘉）你怎么发抖啦？

碧恩嘉 他今夜在我那里吃的晚餐，但我并不必为这事发抖。

伊亚戈　啊，他在你那儿吃晚餐的？那我要告你了，你跟我走。

艾米利娅　该死的臭婊子！

碧恩嘉　我不是婊子，我和你一样清白，你怎么诬蔑我！

艾米利娅　和我一样？去你的吧！

伊亚戈　诸位，我们去看卡西欧的伤包扎得怎样了。——艾米利娅，你有别的事干，快去把这事告诉将军和夫人。你先走一步好不好？——现在的时间已经夜深人静，能不能把事办得干干净净？（众下。）

第 五 幕

第二场

塞浦路斯总督府的寝室

（苔丝梦娜在床上安眠，奥瑟罗拿着蜡烛上。）

奥瑟罗　这是祸水源头，这是源头祸水。我的灵魂，不要让我说出这祸水的源头来。你贞洁的星辰啊，你就是源头的祸水。但我怎么舍得要她洒出鲜血来呢？怎么舍得伤害她洁白如雪的肌肤、完美如玉的丰碑呢？但是我一定要她的命，免得她害更多男人的命。先把烛光吹灭，再吹灭她生命的火光。但是，蜡烛的火焰吹灭了，还可以重新点燃，如果我扑灭了她生命的火焰，万一我后悔了怎么办？

你这聪明伶俐、超凡入神的生命之火一旦熄灭，有没有盗火的天神能使她重新点燃呢？如果我摘下了你的玫瑰，我就不能再使她吐出芬芳，她就只能黯然魂销，萎谢凋零。我只能在树上再闻到你那沁人心脾的芳香，那香气几乎会醉倒盲目的公平女神，会软化她手中的执法宝剑。让我再吻你一次，再吻你一次，你就这样离开世界吧。那我就可以要了你的命，然后又还了你的爱。再吻一次，这是最后一次了。这样甜蜜，但却不会要命。我要哭了，这是残忍的眼泪，这是天上才有、人间所无的悲哀，因为他要打死的，正是他所热爱的。她醒过来了。

苔丝梦娜　谁呀？奥瑟罗吗？

奥瑟罗　是的，苔丝梦娜。

苔丝梦娜　你上床吗，夫君？

奥瑟罗　你今夜做了祷告吗，苔丝梦娜？

苔丝梦娜　做了，夫君。

奥瑟罗　你想想自己还犯了什么罪没有得到上天宽恕吗？那就快请求宽恕吧。

苔丝梦娜　哎呀，夫君，你这样说是什么意思？

奥瑟罗　照我说的做吧！要简单点，我在旁边等着。我不会伤害没有准备好的灵魂。不，老天也不会答应。我不会伤害你的灵魂。

苔丝梦娜　你说是要杀我？

奥瑟罗　是的。

苔丝梦娜　那只有请老天可怜我了。

奥瑟罗　阿门。我全心希望老天保佑你。

苔丝梦娜　如果你这样说，我希望你不要杀我。

奥瑟罗　哼！

苔丝梦娜　我怕你了。你的眼睛转得这样吓人。我为什么害怕，我也不知道。我从没有犯过罪，但我感到害怕。

奥瑟罗　那就想想你犯的罪吧。

苔丝梦娜　我犯的罪就是爱上了你。

奥瑟罗　你爱上了人，这就该死。

苔丝梦娜　为了爱你，你就杀我，这样死得也太没道理了。哎呀，为什么咬你的下嘴唇？血腥的杀气使你全身发抖了，这是不好的兆头，但是我希望，我希望这杀气不是针对我的。

157

奥瑟罗　别说了,好好听着!

苔丝梦娜　我会听的。到底出了什么事了?

奥瑟罗　我把最喜欢的手帕给了你,你却给了卡西欧。

苔丝梦娜　我用生命和灵魂起誓,没有送人。不信,你要人找他来问。

奥瑟罗　可爱的灵魂,小心,小心不要发假誓,你已经死到临头了。

苔丝梦娜　但是我不能死。

奥瑟罗　死就在眼前,大胆承认你的罪过吧。如果你要起誓来否认每一条罪状,那并不能消灭强有力的罪证,我内心已经为你的罪证痛苦得要死了。所以你一定得死。

苔丝梦娜　啊,老天可怜我吧!

奥瑟罗　但愿如此。

苔丝梦娜　请你也可怜我吧!我这一生都没有做过对不起你的事,也没有爱过卡西欧,对他只有上天允许的正当感情,也从来没给过他什么纪念品。

奥瑟罗　老天在上,我亲眼看见我的手帕在他手里。啊,发假誓的女人,你使我的心变得像石头

　　　　一样硬，使我要做的事变成谋杀了，而我本来以为是要用你来祭祀上帝的呢。我告诉你，我看见了我的手帕。

苔丝梦娜　那可能是他捡来的，我没有给过他。叫他来问好了，要他说实话！

奥瑟罗　他承认了。

苔丝梦娜　你说什么，夫君？

奥瑟罗　他和你睡过。

苔丝梦娜　怎么？干这种丢人的事？

奥瑟罗　是的。

苔丝梦娜　他不会这样说。

奥瑟罗　不会再说了，他的嘴不会再开，忠实的伊亚戈已经奉命要他闭口了。

苔丝梦娜　我的害怕有理由了！怎么，他死了吗？

奥瑟罗　即使他每根头发都有一条命，我报仇的胃口也大得可以把他的命都吞下去。

苔丝梦娜　哎呀，他被人谋害了，连我也遭殃了。

奥瑟罗　滚出去，婊子，你竟敢当着我的面哭他！

苔丝梦娜　啊，把我赶出去吧，夫君，但是现在不要我死！

奥瑟罗　跪下，婊子！

苔丝梦娜　明天再要我死吧，让我再活一夜吧！

奥瑟罗　不行，如果你敢反抗——

苔丝梦娜　给我半个小时！

奥瑟罗　动了手就不能停。

苔丝梦娜　等我做个祷告吧！

奥瑟罗　来不及了。（掐住苔丝梦娜。）

　　　　（艾米利娅跑到门口。）

艾米利娅　将军，将军！怎么，嗬！将军，将军！

奥瑟罗　外面叫嚷什么？还没有死？还没有完全断气？我这个心硬的人怎么手软起来了？我本来是怕你痛苦的时间太长，那好，那好。

艾米利娅　怎么啦。嗬？将军，将军！

奥瑟罗　谁呀？

艾米利娅　啊，我的好将军，我有话要告诉你。

奥瑟罗　哦，是艾米利娅。——等一等。——她死了。艾米利娅是来告诉我卡西欧死了的。——外面喊声很高。好了，不再动了？平静得像在坟墓里。要不要让她进来？她进来了好吗？好像她又动了，不行。怎么办呢？

> 她进来一定要和我的妻子说话。我的妻子，我的妻子！什么妻子？我已经没有妻子了。啊，真是难以忍受！压死人的时刻！我看天地都在变色，日月已经无光，地球也吓得目瞪口呆了。

艾米利娅　我求求你，我的好将军，我要和你说话。

奥瑟罗　我忘记你了——啊，进来吧，艾米利娅——轻一点，慢慢来，等我放下帐子——（放下帐子，打开房门。）

（艾米利娅上。）

> 你从哪里来？事情怎样了？

艾米利娅　啊，我的好将军，那边出了谋杀案了。

奥瑟罗　什么？现在？

艾米利娅　正是现在，将军。

奥瑟罗　一定是月亮出了毛病，它转得离地球太近，转得人都要发疯了。

艾米利娅　卡西欧，我的将军，他杀死了一个叫作罗德里戈的威尼斯年轻人。

奥瑟罗　罗德里戈死了，卡西欧也死了？

艾米利娅　不，卡西欧没有死。

奥瑟罗　卡西欧没有死？那就杀错了人，报了仇也没有雪恨。

苔丝梦娜　杀错，杀错了人？

艾米利娅　哎呀！什么喊声？

奥瑟罗　喊声？什么？

艾米利娅　说呀！哎呀，是夫人的喊声。（揭开帐子。）救人啊，救人！嘿，夫人，再说一句！可怜的苔丝梦娜！啊，可怜的夫人，说！

苔丝梦娜　我没有罪，但却死了。

艾米利娅　谁干的事？

苔丝梦娜　没有人干，是我自己。啊，别了！愿夫君好，啊，别了。（死。）

奥瑟罗　怎么，怎么会要她死！

艾米利娅　哎呀，天晓得！

奥瑟罗　你听见她说不是我要她死。

艾米利娅　她是这样说的，我一定要搞清楚。

奥瑟罗　她是个下地狱都要说谎的女人，是我要她死的。

艾米利娅　那她更是个天使，而你更是个黑心黑脸的恶魔！

奥瑟罗　她发疯了，她是个婊子。

艾米利娅　你在诬蔑她，你是个恶魔。

奥瑟罗　她像水一样轻浮虚伪。

艾米利娅　你像火烧昏了头的人，怎么说她轻浮虚伪！她在天上都是个好人。

奥瑟罗　卡西欧和她睡过，问你丈夫去吧。即使把我打入地狱底层，我也要站在公正的立场说话，并且一直说到底。你的丈夫什么都知道。

艾米利娅　我的丈夫？

奥瑟罗　你的丈夫。

艾米利娅　我的丈夫说她对婚姻不忠实？

奥瑟罗　是他第一个告诉我的；他是个好人，恨透了卑鄙龌龊的勾当。

艾米利娅　我的丈夫？

奥瑟罗　你为什么重来复去地问，女人？我说是你的丈夫。

艾米利娅　啊，夫人，这是多么恶毒的心肠才会把你的爱情抹黑的哟！我的丈夫说她不忠实？

奥瑟罗　是他说的，女人！我说是你的丈夫，懂得这个字的意思吗？就是我的朋友，你的丈夫，老实而又老实的伊亚戈。

艾米利娅　如果他这样说过,那他丑恶的灵魂就在一点一点地烂下去!他在对自己的良心说谎。夫人对这个黑脸的黑心人实在是太痴爱了。

奥瑟罗　哈?

艾米利娅　你已经做得再坏没有了:你这样做根本就不配活在世界上,根本配不上她!

奥瑟罗　不要说了,你最好——

艾米利娅　你拿出你的全副本领也伤害不了我半分,我已经伤得不怕再受伤了。上当受骗的笨蛋,愚蠢透顶的傻瓜。像微不足道的灰尘一样无知的人才会干出这等傻事来——我不怕你的刀——我要告发你。即使死二十回也不在乎——救命,救命啊,救命!摩尔人杀死了夫人!杀人了,杀人了!

(蒙太诺、葛拉先诺同伊亚戈上。)

蒙太诺　出了什么事了?怎么样,将军?

艾米利娅　啊,你也来了,伊亚戈,你干的好事,人家要把谋杀的罪名安到你头上了。

葛拉先诺　出了什么事?

艾米利娅 （对伊亚戈）如果你还算个人，就反驳这个坏蛋，他说是你告诉他的，说他的妻子对他不忠实。我知道你不会这样说的，你不是一个这样坏的人。说吧，我的心里都胀得容不下了。

伊亚戈 我只告诉他我是怎样想的，我说的并不比他做的更多，他自己发现了什么，就干了什么。

艾米利娅 你有没有说过他的妻子对他不忠实？

伊亚戈 说过。

艾米利娅 你这是说谎。可恨的恶毒的谎话。我用灵魂起誓，这是谎话，恶毒的谎话，说夫人和卡西欧私通。你有没有说和卡西欧？

伊亚戈 和卡西欧，老婆！去你的吧，闭上你的嘴巴！

艾米利娅 我不能闭口不说。我一定要说：我的夫人已经被杀害，死在床上了！

众 啊，天呀！

艾米利娅 都是你的诬陷造成了这一起血案。

奥瑟罗 喂，诸位，不要瞪着眼睛，的确一切都是真的。

葛拉先诺　这就怪了。

蒙太诺　啊，穷凶极恶！

艾米利娅　恶毒，恶毒，恶毒！我来想想，我来想想，我闻到了一点气息：啊，恶毒！我那时就想到了。我真难过得要杀了自己，啊，恶毒！恶毒！

伊亚戈　怎么，你疯了？快回家去！

艾米利娅　诸位好先生，请听我说：我本来应该听他的话，但是现在不行。说不定，伊亚戈，我不会再回家了。

奥瑟罗　啊，啊，啊！（倒在床上。）

艾米利娅　好，你就躺在那里号叫吧。你已经害死了天下人睁开眼睛也找不到的最可爱的清白人了。

奥瑟罗　（站起。）她不清白！（对葛拉先诺）我没有看到你，叔叔；你的侄女躺在那里了，是我这双手刚刚使她停止呼吸的。我知道我的行动很可怕，很可悲。

葛拉先诺　可怜的苔丝梦娜！幸亏你的父亲比你早死，他就是给你的婚事气得不要活了，命运之神才把他的生命之线切断的。假如他还活着，看到今天的事，也会气得咒天骂地、痛不欲生的。

奥瑟罗　真可怜，但是伊亚戈知道，她和卡西欧做过可耻的事。翻来覆去好多次，卡西欧自己也承认了。为了感激他的深情厚谊，她还把我第一次给她的爱情纪念品给了他，这是我亲眼看见他拿在手里的，那是一块手帕，是我父亲给我母亲的古老纪念品。

艾米利娅　啊，天呀，天上的神明呀！

伊亚戈　去，不要多说。

艾米利娅　要说出来，要说出来。要我不说？那可不行。我说话要像冬天的北风一样自由，即使是天上的神、地上的人、地下的鬼都说我可耻，我也要说出来。

伊亚戈　听话，快回家去。

艾米利娅　我不回去。

（伊亚戈用剑威吓，要刺艾米利娅。）

葛拉先诺　住手，你怎么用剑对付一个女人？

艾米利娅　啊，你糊涂的摩尔人！你说的那块手帕是

>我偶然捡到,交给我丈夫的。因为他多次恳切而认真地——这种小事怎么值得这样恳求呢?——他求我为他偷这块手帕。

伊亚戈　该死的臭婊子!

艾米利娅　夫人给了卡西欧?唉,不对,是我捡来给我丈夫的。

伊亚戈　该死,你胡说!

艾米利娅　老天在上,我不是胡说,不是胡说。啊,诸位先生,啊,这杀人的傻瓜呀,你怎么配得上这样好的妻子呢!

奥瑟罗　怎么!天上没有了雷电吗?这种恶人能不天打雷劈吗!——天下独一无二的恶人!(奔向伊亚戈,但被蒙太诺夺下武器。)

(伊亚戈刺艾米利娅。)

葛拉先诺　这个女人倒了,他杀了他的妻子。

(伊亚戈下。)

艾米利娅　杀吧,杀吧!啊,把我放到夫人身边。

葛拉先诺　他杀了妻子就跑了。

蒙太诺　这是一个坏得无以复加的恶人。来,拿上这把摩尔人的剑去守住大门,杀死他也不要让他跑了。我也要去追他,这实在是个罪该万死的恶人。

(蒙太诺同葛拉先诺下。)

奥瑟罗　我也好不到哪里去。随便什么人都可以把我的剑拿走,既然名不符实,还要虚名干什么?

艾米利娅　夫人,你知道你唱的歌预兆着什么吗?你还能听到我唱吗?我也要像天鹅一样死在音乐声中:

(唱)杨柳,杨柳,杨柳——

摩尔人,她是清白的,她还爱你呢,狠毒的摩尔人!我说的都是实话,我的灵魂会得到幸福的。我想我现在说的也会实现,哎,我要走了。

奥瑟罗　我在房里还有武器,那是一把西班牙宝剑,在冰川雪水中洗炼过的。(找到宝剑。)啊,叔叔,宝剑就在这里,我一定要出去。

葛拉先诺　(在幕后)如果你要试试,那代价可得不偿失;你手里没有武器,还是老实听话的好。

奥瑟罗　那么,进来看我,和我说话吧。否则,即使赤手空拳，我也可以破门而出的。

（葛拉先诺重上。）

葛拉先诺　什么事情？

奥瑟罗　瞧，我有一件武器，从来没有哪个战士用过比这更好的剑。我用我的胳膊和这件武器杀出过重围，比你们多二十倍的人也阻挡不了我突围；但是这样宣扬自己又有什么用处？——谁能掌握自己的命运？现在已经今非昔比了。所以，即使你看见我有武器，也不必惊慌。我已经走到人生旅途的终点，航海归途的港岸。你不要吓得后退，即使是一个稻草人冲向奥瑟罗的胸膛，我也会退后的。奥瑟罗还有哪里可去呢？（对苔丝梦娜）现在，你看起来怎么样了？凶神扼杀的天仙，你的脸色和内衣一样苍白，到了我们算总账的日子，你只要这样看我一眼，就会把我的灵魂投入地狱中恶鬼的魔爪之下！你已经浑身冰凉，冰凉了。我的冰清玉洁的好人儿。啊，该死的万恶的奴才！魔鬼呀，鞭打我吧！我居然还亲眼见过天仙的面容呢。让狂风暴雨鞭挞我，让熊熊烈火烧死我，让万丈深渊淹没我的怒涛骇浪，都变成腾腾烈焰来把我烧得粉身碎骨吧！啊，苔丝梦娜！死了！苔丝梦娜！死了！啊！啊！

（卢多维柯、躺椅上的卡西欧、蒙太诺同捉拿伊亚戈的军官同上。）

卢多维柯　那个鲁莽的倒霉人在哪里？

奥瑟罗　那个人就是奥瑟罗，我在这里。

卢多维柯　那条毒蛇呢？把他带上来。

奥瑟罗　我要看看他的脚和传说的魔爪是不是一样的，如果是，我就杀不了他。

（刺伤伊亚戈。）

卢多维柯　夺下他的剑。

伊亚戈　你没有杀死我，大人，只让我流了几滴血。

奥瑟罗　我倒并不在乎。我要让你活着，因为在我看来，死才真是幸福。

卢多维柯　啊，你，奥瑟罗，你是这样一条好汉，怎么会栽这样的跟头，栽在这样一个该死的奴才的手里？叫我怎样说你是好？

奥瑟罗　随你怎么样说都行。如果你愿意,叫我堂堂的凶手吧,因为我行凶并不是为了报仇雪恨,而是为了堂堂正正做人。

卢多维柯　这奴才已经供认了一部分罪行。你有没有和他商量过谋害卡西欧?

奥瑟罗　商量过。

卡西欧　亲爱的将军,这并不是我的罪行该得到的报应呀。

奥瑟罗　我现在知道已经太晚,只好请求你宽恕了。我能不能问问这个长着人头的魔鬼,为什么要陷害我的灵魂和我的肉体?

伊亚戈　不要再问我了,你知道多少就是多少。从现在起,我什么也不会再说。

卢多维柯　怎么?你连祷告词也不说了吗?

葛拉先诺　严酷的刑罚会叫你开口的。

奥瑟罗　对了,这是最好的办法。

卢多维柯　将军,你应该知道,发生了一些事情——我想,可能你还不知道,这里有一封信,是在死者罗德里戈的口袋里找到的。这里还有另外一封,谈到要罗德里戈怎样谋杀卡西欧的事。

奥瑟罗　啊，该死的坏蛋。

卡西欧　这是最歪门邪道的了。

卢多维柯　这里还有一张发牢骚的纸条，也是在他的口袋里找到的，看来这是罗德里戈打算给这个主犯的，但是似乎这时伊亚戈来给他做了解释，事情就算了结。

奥瑟罗　啊，这个阴险毒辣的家伙！——不过，卡西欧，我妻子的手帕怎么会落到你手里去呢？

卡西欧　我是在房里捡到的。伊亚戈刚才也承认了，他是为了特殊的目的，故意丢在我房里的。

奥瑟罗　啊，傻瓜，傻瓜，傻瓜！

卡西欧　此外，罗德里戈在信中还责备伊亚戈，不该要他在我巡夜的时候闹事，就是那次闹事使我失掉了我的职务；甚至刚才罗德里戈在临死前——他简直像是死里逃生——还说，是伊亚戈杀了他，一切都是伊亚戈怂恿他干的。

卢多维柯　（对奥瑟罗）你要离开总督府和我们一同回去了。你的职务已经免除，权力也要移交。由卡西欧接管塞浦路斯。至于这个坏蛋，如果有什么残酷的办法可以折磨他，那就折磨得越久越好，这都是他罪有应得的。你也要受到严密的监管，等我们把你的过错报告给威尼斯公国政府，再作处理。——来吧，把他带走。

奥瑟罗　且慢，在你们走前，我有一两句话要说。我为公国尽过力，立过功，这大家都知道——不消多说。我只请求你们在报告中如实反映这些不幸的事件，对我也要实事求是，既不要减轻我的罪过，也不要把我说成是恶意谋杀。我想，你们应该说我是一个不会用情而又用情很专的情人；我有一颗不太容易妒忌的心，但是一旦有人煽风点火，使我妒火中烧，我又会走极端，一发不可收拾；我有一双叛徒犹大的手，会把犹太族最宝贵的珍珠扔掉；我有一双忍泪吞声的眼睛，虽然不太容易动情，但若感情融化，流出的泪珠比得上阿拉伯胶林涌出的树胶。最后记住：在土耳其的阿勒普，有个戴头巾的土耳其阉人殴打一个威尼斯人，并且辱骂公国，我抓住这个阉人的喉咙像杀狗似的这么一刀——（用刀自杀。）

卢多维柯　啊，血如泪流的悲剧！

葛拉先诺　说什么也没有用了。

奥瑟罗　（吻苔丝梦娜。）在扼断你的生命之前，我先吻了你；现在我要先吻你，然后扼杀我自己。（死。）

卡西欧　这正是我怕的结果，但我以为他没有武器，又是一个心情开朗的人，结果偏偏却是这样。

卢多维柯　（对伊亚戈）你这只斯巴达恶狗，饥寒交迫、怒涛汹涌造成的痛苦，都不如你可怕！你看看这张床都载不住的血腥悲剧，就是你一手造成的。——这看起来都会吓坏人的眼睛，赶快遮盖起来吧。葛拉先诺，这所房屋归你所有了，摩尔人的遗产都由你继承。——（对卡西欧）至于你呢，总督大人，剩下来的都是你的事了。如何审判这个地狱里的恶魔，时间、地点、刑罚，都由你来执行。啊，一切从严，不要手软！至于我呢，我要立刻上船，回到威尼斯公国，用沉痛的心情把沉痛的事情述说。

（众下。）

译 后 记

威尼斯的摩尔人奥瑟罗的悲剧

对莎士比亚时代的观众,《威尼斯的摩尔人》会使他们立刻感到既陌生又熟悉,既是东方的又是西方的悲剧。威尼斯代表了欧洲的深刻精细,摩尔人却带来了东方——北非和中东的风格。这个剧本是根据意大利的一个短篇小说编写的,小说中摩尔人的地位是个局外人。小说的作者是吉拉迪·辛西奥,他的小说是一系列典型的婚外恋故事中的一本。这个故事的目的是要说明:一个忠实而爱丈夫的妻子没有犯任何错误,但受到一个阴险毒辣的小人陷害,却被一个忠实而轻信的丈夫谋杀了。在威尼斯,元老院看重一个立了战功的摩尔人,摩尔人和一个名叫苔丝梦娜的淑女结了婚。威尼斯的元老贵族决定要改变塞浦路斯的防务,选了摩尔人去指挥。苔丝梦娜坚决要求同行，他们安全到达了塞浦路斯（没有剧本中的风暴和土耳其人）。摩尔人的旗官爱上了苔丝梦娜，但是他的爱情并没有得到回报。旗官认为她爱上了他的上级士官，他对苔丝梦娜的爱就转化为恨，并且决定，如果他得不到她，摩尔人也不能够。于是，他就设法使摩尔人妒忌士官，这样同时毁了他们两个人。

威尼斯由于娼妓人数众多，行动公开，而妻子也行为放荡，因此臭名昭著，但却成了那时欧洲的玩乐首都、性爱自由的旅游胜地。然而，辛西奥的苔丝梦娜却是一个非典型的威尼斯女人，推动她的爱情的不是一般妇女的性欲，而是摩尔人的品德。莎士比亚打算把他的苔丝梦娜写成遵守陈规老套的威尼斯女人的典型。伊亚戈在海边给罗德里戈打气时谈到女人不守规矩，又引起奥瑟罗的恐惧，使他害怕他的妻子也会恢复威尼斯女人的本来面目，伊亚戈提醒摩尔人说，威尼斯女人有性欺骗的习惯：

我知道我们公国的风气：

在威尼斯，妇女的风流勾当不瞒天地，

> 只瞒丈夫的，她们的良心不是
> 不干风流艳事，而是要干得没人知道。

亨利·沃顿爵士在十五世纪九十年代去威尼斯时，注意到在街上很难分清娼妓和贤妻。剧中的碧恩嘉就是一个例子。在窃听那一幕剧中，奥瑟罗分不清伊亚戈和卡西欧谈的到底是哪一个女人——妻子还是妓女。伊亚戈似乎有意无意地谈到苔丝梦娜的"口味"和"愿望"。他把威尼斯女人看成情欲动物的观点，很快就使奥瑟罗相信他的妻子"心热手湿"，这是性生活放荡的典型标记。在第四幕中妻子和妓女的分别可怕地消失而融合了，家庭变成了妓院，而苔丝梦娜有两三次被叫作婊子或娼妓，露骨的粗野话如："我把你当成那种狡猾的迷住了奥瑟罗的狐狸精。"奥瑟罗只有在杀妻之后才重新发现她是冰清玉洁的——话虽如此，我们却不能把她看成文艺复兴时代彼特拉克传统诗中冰清玉洁的女性，因为在奥瑟罗来到塞浦路斯之前，苔丝梦娜和伊亚戈谈话时，即第二幕第一场中伊亚戈说他的妻子在床上却像在干家务，苔丝梦娜说："狗嘴里吐不出象牙来。"这说明她对性方面的玩笑话并不是无知的。

奥瑟罗不太懂得这种双重意义的语言，因为他是一个说话过头、走南闯北的门外汉，他所理解的是一种完全不同的诗意语言。他的语言有丰富的典故，但又有异国风味，他的世界里长满了阿拉伯的树木，有阿勒布扎头巾的土耳其人，更不用说那些"吃人的生番、头低于肩的畸形人"[1]了。"勇敢的奥瑟罗，我们必须立刻派你去对付我们的公敌奥托曼人（土耳其人）。"威尼斯公爵在戏剧开始时[2]就这样说了。听众听到将军的名字"奥瑟罗"和公敌"奥托曼"之间有声音相仿之处，如果你把主角的名字化为意大利文"奥托罗"，那和基督教文明的对头"奥托曼或土耳其帝国"的创始人奥托曼，听起来就更接近了。那么，奥瑟罗的名字就提示了他的家族根源来自奥托曼的土地，而他现在却在为他的敌国作战。基督教徒和土耳其人的冲突，是莎士比亚给原著增加的一个主要的创新点。

---

① 译注：第一幕第三场。
② 译注：第一幕第三场。

对莎士比亚和他的同代人说来，土耳其、阿拉伯、摩尔三个名词代表的都是伊斯兰异教徒，但是这三个名词并不等于"蛮族"这个通称。阿拉伯文化经常和学术与文明有联系，和土耳其、撒拉逊的形象相反。一个蛮族人可能"勇敢"而不"野蛮"；乔治·彼尔的《阿卡扎在巴巴里之战》是根据真实的近代历史事实写成的剧本，剧中既有"野蛮的摩尔人/黑人穆利·哈默"，又有"勇敢的野蛮人穆利·摩洛哥勋爵"。一个摩尔人可以帮助你退出反对土耳其人的战争，或者反对西班牙人的战争。如何判断伊斯兰的"异教"性质，不但要看一成不变的意识形态，还要看在一个争夺世界霸权的斗争中的外交联系和变化的结盟关系等具体情况。在《阿卡扎之战》结束时，反派的摩尔人穆利·穆罕默德战败了，巴巴里的王位落入了阿德摩勒好兄弟的手中。他也被称为穆利·穆罕默德，并且是一个真实的历史人物，他的使臣阿德·埃尔·奥赫德·本玛沙武德在1600年到过英国，谒见伊丽莎白女王，探讨有无可能联合英国海军和非洲的陆军，组成盟军，共同攻打西班牙。莎士比亚剧团圣诞节期间在宫廷内演出，他可能亲眼看见巴巴里代表团。代表团遗留的大使画像，可能是莎士比亚心目中奥瑟罗的形象（见英文本《莎士比亚全集》图片），这是我们今天所能看到的最早的奥瑟罗了。

彼尔的剧本把历史材料和更普遍意义上的野蛮人、另类人、魔鬼般的人结合在一起了——反派的穆利·穆罕默德周围联系的多是魔鬼般的下层人物。《威尼斯的摩尔人》的观众本来以为看到的会是这一类的故事，结果看到的却大不相同，是一个复杂得多的威尼斯人和一些应该受到谴责的行动。

"摩尔"这个名词，在早期的现代英语中是一个用在宗教方面而不是种族方面的词："摩尔"的意思是"穆罕默德的"，也就是"穆斯林的"，这个词经常被用来表示"非我族类"、非基督教的。对这个剧本最早的观众来说，奥瑟罗这个人物最显著的特点就是：他是一个改皈宗教信仰的基督徒。至于剧本中的景点，在第一场中，伊亚戈为了和卡西欧的战争理论知识对比，（卡西欧来自佛罗伦萨，那是军事理论专家马基雅维里的故乡）吹嘘自己的战争功绩说：

> 我呢，摩尔人亲眼看见我在罗得岛、
> 在塞浦路斯、在基督教或异教徒的
> 战场上是怎样打仗的。

这几行直接说明了战争的对抗发生在基督教和异教之间，战争的地点在罗得岛和塞浦路斯。令人惊奇的是，摩尔人是为基督教而战，不是为异教而战。

下面我们再看看对于塞浦路斯那场酗酒闹事，奥瑟罗是怎样批评的[①]：

> 难道你们都变成了土耳其人，
> 动手打起自己人来了？
> 这样像野蛮人一样打闹，
> 难道不怕丢了基督徒的脸？

这样的基督徒的语言，却出自一个摩尔人、一个穆

---

① 译注：第二幕第三场。

斯林之口，是不合情理，似是而非的。这表明奥瑟罗是个改皈了宗教信仰的人。那么，伊亚戈说到他要奥瑟罗放弃的"洗礼"，指的就不是出生后的洗礼，而是转变信仰后的洗礼了。这个剧中的情节，伊亚戈的阴谋诡计，又使奥瑟罗转变了他对基督教的信仰。这样看来，伊亚戈对"地狱中的神灵"的呼吁，奥瑟罗在剧终前承认他应该下地狱，这些都是合乎情理的了。

在伊丽莎白时代，欧洲的基督教和奥托曼帝国之间转变信仰关系是关键性的重要问题。"成了土耳其人"这句话已经进入了日常用语的辞典。对于十六世纪的欧洲人来说，"伊斯兰"已经成了一种强大的外来力量，就像共产主义在二十世纪对美国人的关系一样。"成了土耳其人"就是转向对方。自然，可能有多种不同的转向：有一些旅游者因为吸收了伊斯兰文化而转向，另有一些战争的俘虏成了奴隶希望转向就能得到释放。人们很容易忘记有多少英国人成了奥托曼帝国的奴隶——举个例子，一次就有两千英国妇女向詹姆斯国王和国会请求援助从穆斯林俘虏营中释放她们的丈夫。

奥瑟罗以一吻而结束了自己的生命，这一吻是黑人和白人的拥抱，也许象征着东西方道德的和解。但在带回威尼斯的报告中的形象，却是基督教和穆斯林的对立，而奥瑟罗自己在叙利亚东端的阿勒普，却是基督教的保卫者。奥瑟罗在自杀时承认自己成了土耳其人。在扼杀苔丝梦娜时，他放弃了基督教文明而谴责了他自己。他象征性地收回了他成为基督徒时放弃的伊斯兰的标志——包扎头巾、行结扎礼——他殴打了一个威尼斯的妻子，并且诽谤了这个国家。他已经成了土耳其人，然而，使他成为土耳其人的，不是奥托曼将军，而是"诡计多端"的威尼斯人，是"老实的"伊亚戈。

莎士比亚在故事中增加了有关土耳其的内容，这是他自己的源头活水。因此，他取消了辛西奥编入小说中的苔丝梦娜的爱情故事。有人认为伊亚戈作恶的动机不够，完全是为作恶而作恶。文艺复兴时期的戏剧有一个惯例：剧中人的独白说的都是可以相信的真话，但是我们很难相信伊亚戈独白中说的——奥瑟罗和卡西欧都和艾米利娅上过床。艾米利娅是莎士比亚戏剧中一个性格坚强的女性，她坚决谴责性生活的双重标准：男方可以有婚外的性生活，而女方却不可以。我们不能排斥她对伊亚戈有不忠实的可能，（格利戈里·多连的皇家莎士比亚公司版本就暗示她和卢多维柯有私）但是如果说奥瑟罗追求和她上床，那却是荒谬可笑的。

为了提升职务而引起妒忌，这可以解释伊亚戈第一部分阴谋诡计的动机，加上卡西欧好酒贪杯的弱点，更有理由使他失去他的职务。但是伊亚戈为什么要继续向前推进他的阴谋诡计，甚至彻底摧毁了他的将军，而他要提升职务，还非要依靠将军不可呢？奥瑟罗在剧终时提出了这个问题："我能不能问问这个长着人头的魔鬼，为什么要陷害我的灵魂和我的肉体？"但是伊亚戈却拒绝回答，只说"不要再问我了，你知道多少就是多少。从现在起，我什么也不会再说"。似乎有意向观众挑战，要观众自己去解决问题。迎战者当中，没有人比得上浪漫主义评论家威廉·赫兹利特，他认为伊亚戈这样回答的原因是他喜欢演戏：

伊亚戈在实际生活中是一个业余的悲剧演员。他没有在演出时创造什么想象的人物，或者演出被遗忘很久的事件，而是采取了更大胆、更让人难以想象的做法。他随意策划，把主要角色分配给他的亲朋好友或有关人员，并且在彩排时非常认真，四平八稳，毫不动摇。正因为伊亚戈是剧作家、导演和反派演员三位一体，他在剧院中有逼人的力量。他在剧中的演出最多，因此很容易压低其他演员，就像在《李尔王》中艾德芒可以压低艾德卡一样。莎士比亚的难题是要使奥瑟罗高出于其他受骗人（如罗德里戈）之上。如果奥瑟罗只是为了一块捡到的手帕就成了一个说不清楚的大傻瓜，那真是活该受骗。但是，这部诗剧令人难忘的效果是：我们从来没有觉得奥瑟罗愚蠢可笑，即使在第三幕，伊亚戈为了实现他的阴谋诡计，几乎扭曲了每一句话、每一个细节，但效果还是一样。相反的是，我们可以把摩尔人的原话奉送给伊亚戈："可惜呀，伊亚戈！啊，伊亚戈，可惜呀，伊亚戈！"

苔丝梦娜赢得我们的同情并不是因为她可悲的结局，而是因为她勇敢地反对她父亲的意愿，随从她的丈夫去了威尼斯公国在塞浦路斯的前线；她慷慨地为卡西欧说情，结果导致了自己的死亡。奥瑟罗引起我们的同情,因为他也引起了我们的敬畏,尤其是他那高响入云的语言。在文艺复兴时期,理性思考力和语言说服力是把人类提高到其他动物水平之上的两种能力。《奥瑟罗》的悲剧正是伊亚戈具有说服力和貌似有理的思考力(如:你是黑人,你年纪大了,威尼斯女人是以轻浮出名的……)使奥瑟罗从一个大演说家("我说话粗鲁",他巧妙地用谦虚的措辞说话,而他讲故事时迷住了听众的语言却绝不是粗鲁的,如他讲到大海上和陆地上的惊人事件、一发千钧的逃亡、死亡线上的挣扎等)变成了野蛮的动物。但是,在他最后的两段讲话中,他开始沉着坦率,后来温和亲切,语言的优势使奥瑟罗恢复了他做人的品格,使他显得是一个堂堂正正的人物。

参 考 资 料

剧情：摩尔人奥瑟罗是威尼斯公国的一个将军，他和威尼斯元老布拉班修的女儿苔丝梦娜秘密地结了婚。伊亚戈是个旗官，他因为没有提升职务而对奥瑟罗心怀怨恨，他得到了单恋苔丝梦娜的罗德里戈的帮助。他们两人在半夜里吵醒了布拉班修，告诉他女儿私奔的消息。布拉班修向元老院告发这事，但女儿是自愿嫁奥瑟罗的，于是父女断绝关系。奥瑟罗立刻被派到威尼斯的领地塞浦路斯，去打退土耳其人的进攻。苔丝梦娜和丈夫同去，同行的有伊亚戈的妻子艾米利娅，还有奥瑟罗的副将麦柯·卡西欧，他新近提升的职务正是伊亚戈企图得到的。到塞浦路斯后，伊亚戈在奥瑟罗心中播下了怀疑的种子，怀疑苔丝梦娜和卡西欧有暧昧的关系。伊亚戈安排了卡西欧酗酒闹事的场面，卡西欧受到奥瑟罗的谴责，被免去副将的职务。苔丝梦娜为卡西欧向奥瑟罗求情，但说多了，反使奥瑟罗相信卡西欧是她的情人。伊亚戈得到了奥瑟罗送给苔丝梦娜的定情手帕,并且用来说是她送给卡西欧的。不断的妒忌使奥瑟罗要发疯了,他要伊亚戈去杀卡西欧。而自己却扼杀了苔丝梦娜。艾米利娅揭穿了她丈夫的阴谋,奥瑟罗悔恨莫及,自杀而死。伊亚戈在杀死了自己的妻子之后,被交由威尼斯公国的法庭制裁。

演员分工: 台词行数占百分比 / 台词行数 / 出场次数

伊亚戈	31%	272	12
奥瑟罗	25%	274	12
苔丝梦娜	11%	165	9
卡西欧	8%	110	9
艾米利娅	7%	103	8
布拉班修	4%	30	3
罗德里戈	3%	59	7
卢多维柯	2%	33	4
威尼斯公爵	2%	25	1
蒙太诺	2%	24	3

文体: 80%诗体,20%散体。

演出年代: 1604年在宫廷演出,显然利用了1603年后期出版的诺尔《土耳其历史》,由于1603年5月至1604年4月间瘟疫盛行，剧院关闭，演出时间可能稍晚。詹姆斯国王对地中海之东的土耳其战争很关心，写过一首关于1571年勒盘托海战的诗，诗在1603年他登基后重印过一次。然而有的学者认为演出年代可能还要略早一点。

剧本根源：剧本是根据意大利短篇小说作者基约万理·巴提斯塔·吉拉迪·辛西奥1565年出版的《百年大屠杀》中的一个故事写成的，作者读的可能是卡布里埃·夏布伊1584年出版的法译本。理查·诺尔可能提供了相关内容，还有1603年法文版《土耳其通史》，1599年勒威斯·柳克诺爵士英译的贾斯帕罗孔塔里尼的《威尼斯公国和政府》，1600年约翰·坡里英译的里约·阿非卡奴斯的《非洲地理历史》。

戏剧版本：早期有两种显然不同的版本：1622年出版的四折本和1623年出版的对开本。对开本中有150多行是四折本中没有的。四折本中有更完备的舞台说明。有些句行是对开本所没有的，对开本中大量的咒语誓言被删改了，这是当时舞台上禁止发誓的结果。总之，大约有一千处异文。这两个文本可能是根据两个不同的剧团稿本抄印的，对开本可能根据的是王家文牍拉夫·克朗的手稿。有些对开本专有的台词，包括奥瑟罗那段海上的描写和苔丝梦娜的《杨柳曲》在内，究竟是写作时有意加进去的，还是演出时实际上不方便才删掉的，学者们的意见不同。我们尊重对开本的完整性，但是改正了很多明显的错误，——主要是因为第五号排字员手艺不佳，可能是对开本的排字学徒中技术最差的一个——所以四折本给了我们很大的帮助。